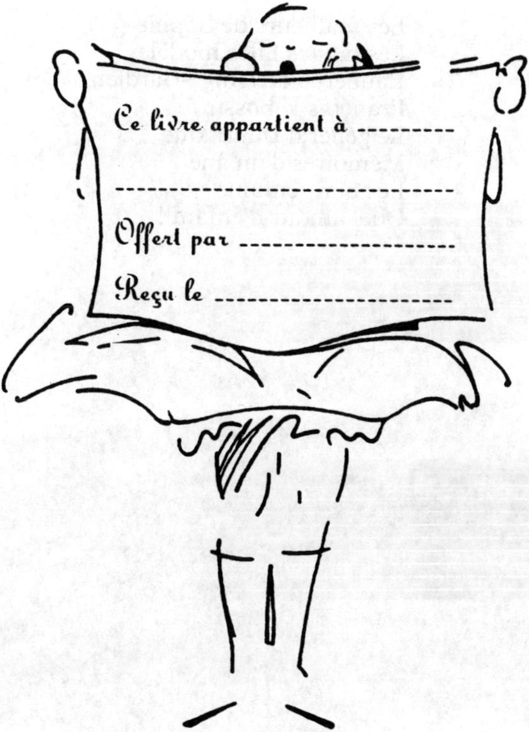
Ce livre appartient à
Offert par
Reçu le

RETROUVEZ LA COMTESSE DE SÉGUR DANS LA BIBLIOTHÈQUE ROSE

Les malheurs de Sophie
Les petites filles modèles
L'auberge de l'Ange-Gardien
François le bossu
Le général Dourakine
Mémoires d'un âne
Les bons enfants
Quel amour d'enfant !

TEXTE INTÉGRAL

Hachette Livre, 43 quai de Grenelle, 75015 Paris.

Comtesse de Ségur
née Rostopchine

Quel amour d'enfant !

Illustrations d'André Pécoud

HACHETTE

À MON PETIT-FILS

LOUIS DE SÉGUR-LAMOIGNON

Cher enfant, tu es fort et généreux comme un lion, doux comme un agneau et sage comme un ange. En lisant l'histoire de Giselle, *tu te garderas bien de l'imiter ; au lieu d'être agneau, elle est loup ; au lieu d'être ange, elle est diable. Je ne crains donc pas que tu souffres de la comparaison avec cette méchante petite fille. Il faut en remercier ton Papa et ta Maman, qui t'élèvent si bien qu'on ne te voit pas de défauts, et que tes bonnes qualités ressortent dans toute leur beauté.*

C'est ainsi que te juge ma vive tendresse.

Ta grand-mère qui t'aime,

COMTESSE DE SÉGUR,
née ROSTOPCHINE.

Chapitre 1

Giselle est un ange

M., Mme de Néri et leurs enfants étaient de retour à Paris depuis quelques jours. Blanche et Laurence de Néri, âgées l'une de dix-huit ans, l'autre de seize ans, avaient continué à demeurer avec leur frère et leur belle-sœur. Quatre ans auparavant, après la mort de leur mère, elles avaient demeuré chez leur sœur aînée Léontine de Gerville, âgée alors de vingt-trois ans ; mais le caractère intolérable de leur nièce Giselle[1], qui avait alors près de six ans, et la faiblesse excessive de Léontine et de son mari pour cette fille unique, avaient forcé Pierre de Néri à retirer ses sœurs de l'odieux esclavage dont elles souffraient. Ils avaient été passer un hiver à Rome ; M. de Néri retrouva à Paris sa sœur Léontine, qu'il aimait tendrement, et qu'il voyait presque tous les jours.

Un matin, que Giselle avait fait une scène de colère en présence de son oncle, et que Léontine cherchait à persuader son frère de la sagesse et de la douceur de Giselle, Pierre ne put s'empêcher de lui dire :

« Je t'assure, Léontine, que tu es encore bien aveugle sur les défauts de Giselle ; elle est franchement insupportable.

1. Voir dans COMÉDIES ET PROVERBES, ouvrage du même auteur, *Les Caprices de Giselle.*

LÉONTINE

Oh ! Pierre ! comment peux-tu avoir une pensée aussi fausse ! Tout le monde la trouve changée et charmante.

PIERRE

Je veux bien croire qu'on te le dise ; mais, ce que je ne puis croire, c'est qu'on te parle franchement.

LÉONTINE

Si tu savais comme je suis devenue sévère ! Je la gronde, je la punis même toutes les fois qu'elle le mérite.

PIERRE, *souriant*

Très bien ; mais elle ne le mérite jamais.

LÉONTINE

Ceci est vrai ; elle est devenue douce, obéissante, tout à fait gentille. Mais tu es si sévère pour les enfants, que tu ne supportes ni leur bruit, ni leurs petits défauts...

PIERRE

En effet, je ne supporte pas leurs cris de rage ni leurs méchancetés ; mais quant à leurs jeux, leurs cris de joie, leurs petites discussions, non seulement je les supporte, mais je les aime et j'y prends part. Au reste, tant mieux pour elle et pour toi si je me trompe. J'ai promis à mes enfants de leur acheter des fleurs pour des bouquets qu'ils veulent donner à Noémi le jour de sa fête. Il est un peu tard, et je m'en vais. Au revoir, ma sœur. »

Léontine embrassa son frère, quoiqu'elle fût

contrariée de son jugement sur sa *charmante fille*, et revint s'asseoir dans son fauteuil ; elle réfléchit quelques instants : petit à petit, son visage s'assombrit.

« C'est triste, pensa-t-elle, de voir toute ma famille tomber sur ma pauvre petite Giselle ! Parce que, mon mari et moi, nous l'avons peut-être un peu gâtée dans sa petite enfance, on se figure qu'elle doit être insupportable... Pauvre ange ! elle est si gentille ! »

Pendant que Mme de Gerville s'extasiait sur la gentillesse de sa fille, Pierre de Néri rentrait chez lui avec un bouquet de fleurs, qu'il alla faire voir à sa femme.

« Vois, Noémi, les jolies fleurs que j'apporte aux enfants. Ils auront de quoi faire une demi-douzaine de bouquets pour le moins.

NOÉMI

Elles sont charmantes, trop jolies pour les leur livrer ; les camélias sont ravissants. Donne-les-moi, mon ami ; c'est vraiment dommage de les faire abîmer par des enfants si jeunes.

PIERRE

Je n'ai rien à te refuser, ma bonne Noémi, prends les camélias et laisse-leur les lilas, les muguets et les giroflées.

— Merci, mon ami. »

Et Noémi s'empressa d'enlever les camélias et une belle branche de lilas blanc.

PIERRE

« Assez ! assez ! Noémi ; les enfants n'auront plus rien, si tu continues. »

Pierre emporta son bouquet. Quand il entra chez ses enfants, ils coururent à lui.

GEORGES

Papa, papa, nous attendons les fleurs ; en avez-vous trouvé ?

M. DE NÉRI

Je crois bien ! et de très jolies. Tenez, mes enfants, tenez ; voici de quoi faire une quantité de bouquets. »

Pierre posa sur une table les fleurs qu'il avait tenues cachées derrière son dos. Georges et Isabelle poussèrent un cri de joie.

« Quelles belles fleurs ! Merci, papa ; vous êtes bien bon ! »

Ils embrassèrent leur père, qui les laissa faire leurs bouquets et alla rejoindre leur mère.

Georges et Isabelle commencèrent à étaler les fleurs sur la table. Isabelle, qui avait trois ans, prenait et rejetait les giroflées ; elle en faisait tomber quelques-unes par terre.

GEORGES

Prends garde, Isabelle ; tu fais tout tomber.

ISABELLE

Non, pas tout ; seulement un peu.

GEORGES

Mais tu les casses. Regarde, cette belle-là ; elle est tout abîmée.

ISABELLE

Ça fait rien, ça fait rien.

GEORGES

Si, ça fait beaucoup : c'est pour maman.

ISABELLE

Et moi ? J'en veux aussi, moi.

GEORGES

Tu auras les petites, qui sont maigres.

ISABELLE

Non ; je veux les grasses.

GEORGES

Les grasses sont pour maman.

ISABELLE

J'en veux, je te dis.

GEORGES

Et moi, je te dis : je ne veux pas ; je suis le plus grand, j'ai quatre ans et demi.

Isabelle regarda Georges d'un air malin, saisit une poignée de muguet et s'enfuit du côté de sa bonne. Georges courut après elle pour lui arracher les fleurs ; Isabelle, se voyant prise, les cacha dans les plis de sa robe en criant :

« Au secours, ma bonne ! au secours ! »

La bonne savonnait dans un cabinet à côté ; elle accourut aux cris d'Isabelle, et la trouva luttant de toutes ses forces contre son frère, qui, sans lui faire de mal, la secouait, la culbutait, en cherchant à ravoir le muguet : Isabelle le défendait, en tenant sa robe à deux mains.

LA BONNE

Qu'y a-t-il donc ? Georges, pourquoi bousculez-vous votre sœur ? Et vous, Isabelle, qu'est-ce que vous tenez, si serré dans vos mains ?

GEORGES, *pleurant à demi*

Elle prend les fleurs de maman ; elle les abîme ; elle ne veut pas me les rendre.

ISABELLE, *pleurant à moitié*

Il veut prendre tout ; il me donne les maigres.

LA BONNE

Laissez votre sœur, mon petit Georges ; et vous, Isabelle, soyez sage ; rendez au pauvre Georges les fleurs que vous chiffonnez et que vous cassez en les serrant si fort. Pensez donc que c'est pour votre maman que Georges soigne ces fleurs. Vous lui faites de la peine en les abîmant. »

Georges lâcha Isabelle, et Isabelle laissa tomber les fleurs, fanées, écrasées à ne pouvoir servir. Quand Georges vit l'état dans lequel les avait mises sa sœur, il fondit en larmes. Isabelle, voyant pleurer son frère, se mit à sangloter de son côté. Elle se jeta au cou de Georges, lui demanda pardon, lui dit qu'elle ne le ferait plus. Georges, qui était très bon, l'embrassa, essuya ses yeux et retourna à ses fleurs. Isabelle le suivit, mais elle ne toucha à rien, et mit ses mains derrière son dos.

ISABELLE

Vois-tu, Georges, comme ça, je ne toucherai pas ; je n'ai plus de mains.

GEORGES

À la bonne heure ! Reste comme ça, et ne bouge pas. »

Georges commença à mettre ensemble les plus belles fleurs ; Isabelle les lui désignait avec son menton, gardant fidèlement ses mains derrière son dos.

Ils avaient presque fini, quand la porte s'ouvrit, et leur cousine Giselle entra.

GISELLE

Vous voilà ici ! Je croyais que vous étiez partis pour vous promener.

GEORGES

Non ; nous faisons des bouquets pour maman. C'est demain sa fête.

GISELLE

Et toi, qu'est-ce que ma tante te donnera ?

GEORGES

À moi ? rien du tout. Ce n'est pas ma fête.

GISELLE

C'est drôle, ça. Papa et maman me font toujours des présents le jour de leur fête. Voyons tes fleurs. Elles sont très jolies ! Et comme elles sentent bon ! Où les as-tu cueillies ?

GEORGES

C'est papa qui nous les a apportées.

GISELLE

Aimes-tu ton papa ?

GEORGES

Beaucoup ; il est si bon !

GISELLE

Pas pour moi, toujours. Il me gronde continuellement.

GEORGES

Parce que tu es méchante. Papa ne nous gronde jamais, Isabelle et moi.

GISELLE

Qui est-ce qui t'a dit que j'étais méchante ?

GEORGES

C'est personne. Je le vois bien.

GISELLE

Petite bête, va ! Tu seras comme ton papa, qui trouve tout le monde méchant.

GEORGES

Non, pas tout le monde. Il trouve maman très bonne ; il trouve ma tante Laurence et ma tante Blanche très bonnes ; il me trouve très bon ; il trouve Isabelle très bonne.

GISELLE

Et pourquoi me trouve-t-il méchante ?

GEORGES

Je ne sais pas ; demande-lui. »

Laurence entra au moment où Giselle allait répondre. Georges et Isabelle coururent au-devant d'elle et l'embrassèrent à plusieurs reprises. Giselle fit un pas, puis s'arrêta.

« Bonjour, ma tante, dit-elle sèchement.

— Bonjour, Giselle. » Laurence voulut l'embrasser, mais Giselle la repoussa.

« Toujours aimable, dit Laurence en riant.

LAURENCE

Tu fais des bouquets avec Georges et Isabelle ?

GISELLE, *d'un air grognon*

Non, je regarde.

LAURENCE

Je vais les aider, ces pauvres petits. Voyons, mon petit Georget, choisis-moi les plus belles fleurs. Et toi, mon petit Isabeau, va me chercher du fil chez ta bonne ; je vous ferai deux beaux bouquets, que vous donnerez demain à votre maman.

GISELLE

Et moi, qu'est-ce que je ferai ?

LAURENCE, *riant*

Toi, tu feras ce que tu faisais quand je suis entrée : tu regarderas.

GISELLE, *avec humeur*

Tu crois donc que ça m'amuse de regarder faire des bouquets ?

LAURENCE

Si cela t'ennuie, fais autre chose.

GISELLE, *avec humeur*

Et que veux-tu que je fasse ?

LAURENCE

Je n'en sais rien ; fais ce que tu voudras. Tu n'es pas facile à contenter.

GISELLE, *avec humeur*

Je vois bien que c'est toi qui dis à tout le monde que je suis méchante. Je le dirai à maman et à papa ; ils seront très fâchés contre toi, tu verras cela.

LAURENCE

Dis ce que tu voudras, ma pauvre fille. Quand j'avais treize ans et que je demeurais avec toi chez ta mère, après la mort de ma pauvre chère maman, j'avais peur de tes méchancetés, parce que ton père et ta mère nous grondaient et nous rendaient malheureuses, Blanche et moi, mais à présent que nous demeurons chez mon frère et mon excellente belle-sœur, je ne m'effraie plus de ce que tu peux dire, et je te plains d'être aussi méchante à dix ans que tu l'étais à six.

GISELLE

Ce n'est pas vrai ; maman dit que je suis devenue très bonne.

LAURENCE

Ta pauvre maman t'aime tellement qu'elle te croit bonne. Demande à ton oncle Pierre s'il pense comme elle.

GISELLE, *avec colère*

Mon oncle Pierre est méchant lui-même ; il veut qu'on n'aime que ses enfants, et alors il tâche de me faire du mal.

LAURENCE, *vivement*

Mauvaise petite fille, tais-toi ou va-t'en.

GISELLE

Je ne m'en irai pas et je ne me tairai pas ; et je dis

que mon oncle Pierre et ma tante Noémi sont très méchants et que je les déteste.

GEORGES

Je ne veux pas que tu dises que papa et maman sont méchants ; entends-tu, méchante ?

ISABELLE

Moi, veux pas non plus, méchante. »

Laurence pose ses fleurs sur la table et veut faire sortir Giselle, qui se débat, qui s'échappe et qui court à la table ; avant que Laurence ait pu l'en empêcher, elle saisit les fleurs, les écrase dans ses mains, les jette par terre, les piétine, et chante d'un air moqueur et triomphant :

La bonne aventure ô gué !
La bonne aventure.

Georges et Isabelle restent immobiles et consternés ; Laurence appelle la bonne.

« Annette, voulez-vous aller chercher mon frère tout de suite et enfermez-nous à double tour pour que Giselle ne s'échappe pas. »

La bonne obéit avec empressement ; Giselle comprit le danger qu'elle courait, et chercha inutilement un moyen d'y échapper. Elle n'eut pas le temps de réfléchir longtemps ; la bonne ramena M. de Néri presque immédiatement.

M. DE NÉRI

Qu'y a-t-il donc, Laurence ? Pourquoi m'envoies-tu chercher ? pourquoi les enfants pleurent-ils ?

LAURENCE

À cause d'une nouvelle méchanceté de Giselle. »

Laurence raconta à Pierre ce qui venait de se passer.
« Je t'ai fait appeler parce que je ne peux pas en venir à bout et qu'elle ne veut pas sortir d'ici.

M. DE NÉRI

Giselle, si tu étais ma fille, je te punirais de manière à t'empêcher de recommencer, mais comme tu n'es, grâce à Dieu, que ma nièce, je me bornerai à t'emmener chez moi, où tu resteras tout le temps que tu devais passer ici.

GISELLE, *tapant du pied*

Je ne veux pas aller chez vous ; vous me battriez ; je veux m'en aller.

PIERRE, *se retournant vers la bonne*

Combien de temps Giselle devait-elle rester ici ?

LA BONNE

Je crois que c'est une heure et demie, monsieur ; sa bonne est chez la femme de chambre de madame ; monsieur veut-il que je l'appelle ?

M. DE NÉRI

Merci, Annette, c'est inutile ; vous lui direz seulement que lorsqu'il sera temps de partir, elle vienne chercher Giselle dans mon cabinet de travail. » Et s'approchant de sa nièce :
« Voyons, marche devant moi, Giselle.

GISELLE, *pleurant*

Je ne veux pas aller chez vous ; je ne veux pas vous voir. »
M. de Néri ne dit rien, mais, s'approchant de

Giselle, il lui saisit les mains, malgré ses cris et ses efforts ; il prit ses deux poignets avec une de ses mains et se dirigea vers la porte, traînant Giselle après lui ; il arriva ainsi jusqu'à son cabinet de travail, décrocha une courroie qui retenait ses fusils, enleva Giselle, la plaça dans un fauteuil et l'y attacha avec sa courroie, mais sans lui faire de mal.

« Maintenant, dit-il, crie, gigote, hurle, je ne m'inquiète plus de toi ; tu en as pour une heure environ. Réfléchis et tâche de comprendre combien ta méchanceté te profite peu ; combien tu offenses le bon Dieu, qui t'a donné tant de choses que les autres n'ont pas ; combien tu te rends malheureuse toi-même, et combien tu te fais détester par tout le monde. »

Pierre se remit à son bureau et continua son travail interrompu. Giselle eut beau crier, appeler, se démener, il ne leva seulement pas les yeux de dessus son papier. Au bout d'une heure, sa bonne vint la chercher : elle semblait consternée. Pierre délia Giselle et la laissa partir sans la regarder. Giselle lui lança un regard furieux, et se dépêcha de retourner à la maison, où elle raconta ses aventures à sa façon.

Chapitre 2

Sincérité du cher ange

Georges et Isabelle, distraits par l'arrivée de leur papa et l'enlèvement de leur cousine, oublièrent un instant les fleurs.

GEORGES

Qu'est-ce que papa va lui faire ?

ISABELLE

Il va la fouetter, bien sûr, et avec de grosses verges.

GEORGES

Comme toi l'autre jour, quand tu m'as mordu jusqu'au sang.

ISABELLE

Et comme toi, quand tu as craché sur ma bonne.

GEORGES

Mais je n'ai pas craché après.

ISABELLE

Je n'ai plus mordu, moi aussi.

GEORGES, *tristement*

Et nos bouquets ? Nous n'avons rien à donner à maman.

LAURENCE

Si fait, mes chers petits ; j'avais mis sur la commode les deux plus beaux, que j'avais heureusement finis avant l'arrivée de Giselle. J'en faisais d'autres avec les petites fleurs qui restaient. Il y en a beaucoup qui ne sont pas écrasées ; vous donnerez ces deux beaux bouquets ; Blanche et moi, nous en donnerons deux plus petits que je vais finir.

GEORGES

Non, non, ma pauvre tante, prenez les gros et donnez-nous les petits. N'est-ce pas, Isabelle ?

ISABELLE

Non ; moi je veux un gros ; toi, prends un petit.

GEORGES

Comment ? Tu ne veux pas donner un gros bouquet à ma pauvre tante qui est si bonne ?

ISABELLE

Oui, je veux bien, le tien ; moi, je veux un gros.

GEORGES

Et ma pauvre tante Blanche ?

ISABELLE, *hésitant*

Ma tante Blanche ?... Comment faire ? Prends, prends tout par terre ; c'est beaucoup ça.

GEORGES

C'est écrasé ; les fleurs sont cassées ; ce n'est pas joli.

LAURENCE

Mes chers petits, gardez vos gros bouquets. Vois-tu mon bon petit Georges, toi et Isabelle vous êtes les enfants de maman ; Blanche et moi, nous ne sommes que les sœurs ; les enfants doivent donner le plus beau cadeau, parce que les mamans les aiment davantage que les sœurs. C'est mieux comme cela. »

Ce raisonnement persuada Georges, qui fut bien content de pouvoir donner à sa maman le plus beau bouquet. Laurence acheva de lier tout ce qui restait de fleurs fraîches et non cassées ; elle montra ensuite aux enfants à tout mettre en ordre, à balayer les débris de fleurs qui couvraient le plancher ; enfin, elle leur fit tout nettoyer et ranger.

Pendant ce temps, Giselle arrivait furieuse chez sa mère.

GISELLE

Maman, je ne veux plus aller chez mon oncle Pierre ni chez ma tante Laurence.

LÉONTINE

Pourquoi donc, ma petite chérie ?

GISELLE

Georges et Isabelle n'ont pas voulu me laisser faire des bouquets ; ma tante Laurence m'a battue, m'a enfermée ; elle a...

LÉONTINE, *indignée*

Battue ! enfermée ! Mon pauvre trésor ! Battue ! Et pourquoi donc ? Qu'avais-tu fait ?

GISELLE

Rien du tout, maman. J'ai seulement fait tomber

quelques fleurs ; elle a dit que je l'avais fait exprès ; je m'ennuyais puisqu'on ne me laissait toucher à rien, et je me suis mise à chanter. Ma tante s'est fâchée, elle m'a poussée, j'ai crié ; ma tante a envoyé chercher mon oncle pour me fouetter...

LÉONTINE, *poussant un cri*

Te fouetter ! Mais c'est affreux ! Est-ce qu'ils t'ont réellement fouettée ?

GISELLE

Ils n'ont pas osé, parce que j'ai dit que je m'en plaindrais à vous et à papa. Alors mon oncle m'a grondée horriblement ; il a dit que si j'étais sa fille il me fouetterait à me faire mourir, mais qu'il avait peur de vous et de papa et qu'il était bien fâché de m'avoir pour nièce.

LÉONTINE

Mais c'est incroyable ! Je n'en reviens pas.

GISELLE

Alors mon oncle m'a prise ; il m'a traînée, malgré mes cris, dans toute la maison, en me tirant par les poignets qui sont tout rouges encore ; il m'a entraînée dans un cabinet ; il m'a attachée avec des cordes en cuir qui me faisaient un mal affreux, et il m'a laissée là ; j'ai eu beau le supplier, lui demander grâce, il m'a laissée là pendant plus d'une heure. Quand il m'a détachée, j'étais presque évanouie, tant j'avais eu mal. Vous voyez bien, maman, pourquoi je ne veux plus retourner chez mon oncle. Je l'*aime* beaucoup pourtant, mais il est trop méchant. »

Léontine pleurait à chaudes larmes ; les souffrances qu'avait endurées sa malheureuse enfant, la cruauté de son frère et de sa sœur Laurence la mettaient hors d'elle. Elle prit dans ses bras la douce, l'innocente Giselle et la couvrit de baisers.

« Chère petite victime d'une incroyable jalousie, dit-elle, tu n'iras plus chez ton oncle qu'avec moi, et je ne te quitterai pas d'un instant. Pauvre, pauvre enfant ! »

Les larmes de Léontine redoublèrent. Giselle triomphante courut chez sa bonne pour lui recommander de dire comme elle.

LA BONNE

Mais, mademoiselle Giselle, je ne sais pas ce qui s'est passé ; vous savez que j'étais avec la femme de chambre de madame votre tante.

GISELLE

Mais vous savez toujours comme je criais...

LA BONNE

Oh ! quant à ça, je puis l'affirmer.

GISELLE

Et comme j'étais attachée avec des cordes en cuir, si fort, que je ne pouvais pas bouger.

LA BONNE

Je crois bien que cette courroie ne vous serrait pas trop, et que vous n'étiez pas si à plaindre, assise dans un bon fauteuil, ayant les mains libres.

GISELLE

Enfin, je vous ordonne de dire comme moi et de ne pas faire à maman et à papa les réflexions que vous inventez sans savoir ce qui s'est passé.

LA BONNE

Soyez tranquille, mademoiselle Giselle, je ne vous contredirai pas. »

Quand Giselle fut partie, la bonne leva les épaules : « Elle est méchante tout de même, cette petite fille. Si je n'avais pas de si gros gages, je ne resterais pas deux jours avec elle ; mais j'ai ma pauvre mère à soutenir, je gagne ici huit cents francs ; j'ai souvent des cadeaux ; je ne retrouverais pas cela ailleurs, il faut que je reste, ma mère ne manquera de rien tant que je serai chez Mme de Gerville. »

Giselle rentra au salon ; elle y trouva un ancien ami de la famille, M. Tocambel, qui ne se gênait pour personne et qui était d'une franchise rude, mais bienveillante.

« Bonjour, la belle enfant, dit-il à Giselle ; êtes-vous toujours méchante ? Avez-vous fait beaucoup de tapage aujourd'hui ?

GISELLE, *piquée*

Je ne suis plus méchante depuis longtemps, vous le savez bien.

M. TOCAMBEL

Mais je n'en sais pas un mot ; et je vois à vos jolis yeux rouges et à vos cheveux ébouriffés qu'il y a eu quelque chose cet après-midi.

GISELLE

Il y a eu que mon oncle Pierre a été plus méchant que jamais, et ma tante Laurence aussi.

M. TOCAMBEL

Mon enfant, ceci n'est pas possible. Je connais

votre oncle et votre tante depuis qu'ils sont au monde ; ils ne peuvent pas être méchants. »

« Ah ! vous voici, mon vieil ami, dit Léontine qui entrait ; de quoi parliez-vous donc avec Giselle ?

M. TOCAMBEL

Nous causions d'une petite fée lutine qui est en guerre avec deux génies bienfaisants, que la petite fée métamorphose en malfaiteurs.

LÉONTINE, *riant*

La petite fée a donc une puissance plus grande que celle des génies ?

M. TOCAMBEL

Cela dépend d'une certaine poudre avec laquelle elle aveugle les gens qui croient y voir clair.

LÉONTINE

Vous parlez un peu en énigmes, mon ami. Mais moi, j'ai à vous parler sérieusement. Giselle, va chez ta bonne, ma petite chérie ; j'irai te chercher dans une heure.

GISELLE

Oh ! ma petite maman, laissez-moi ici ; je vous aime tant.

LÉONTINE, *l'embrassant*

Mon cher amour, j'ai quelque chose à dire que tu ne dois pas entendre ; je t'en prie, va chez ta bonne.

GISELLE

Oh ! je sais bien ce que vous voulez dire à mon bon

ami que j'aime tant ; vous voulez lui parler de mon oncle et de ma tante. »

Léontine fait un geste de surprise et dit à l'oreille de M. Tocambel : « Elle a deviné ; quel esprit a cette enfant ! »

Giselle, voyant que sa mère hésite, l'embrasse, la câline et dit d'une voix bien douce :

« Chère petite mère, pardonnez-leur ; vous êtes si bonne. Ne dites rien à mon bon ami ; cela lui ferait de la peine ; et il est si vieux, il ne faut pas le tourmenter.

M. TOCAMBEL

Giselle, votre maman vous a dit de vous en aller ; moi aussi, j'ai à lui parler, laissez-nous seuls.

GISELLE, *l'embrassant*

Mon bon ami, vous êtes fâché contre moi, et je sais bien pourquoi ; c'est parce que j'ai dit que vous êtes vieux. Pardonnez-moi, mon bon ami, j'ai eu tort ; je ne pensais plus que ma tante de Monclair m'avait recommandé de ne pas vous parler de votre âge ni de votre perruque ; elle dit que c'est un gazon que vous avez sur la tête. Ha, ha, ha ! C'est drôle, n'est-ce pas ?

M. TOCAMBEL, *sérieusement*

Giselle, votre tante a raison ; vous êtes trop jeune pour vous permettre des plaisanteries sur mon âge et sur mes cheveux ; et pas assez jeune pour ne pas comprendre que vous venez de faire une double méchanceté. Je n'ai pas de votre poudre dans les yeux, moi.

GISELLE

Moi ? Une méchanceté ! Contre qui donc ?

M. TOCAMBEL

Contre votre tante et contre moi ; et vous le savez très bien. Sortez à présent ; je vous le demande très sérieusement.

GISELLE, *pleurnichant*

Maman !

LÉONTINE, *l'embrassant*

Va, mon enfant ; obéis à notre meilleur et plus ancien ami. »

Giselle sortit en faisant semblant de pleurer, mais très satisfaite d'avoir chagriné M. Tocambel, qui avait deviné sa méchante intention et qui allait sans doute en parler à sa mère.

Chapitre 3

Courage de Léontine

Giselle ne se trompait pas ; à peine fut-elle partie que M. Tocambel, se tournant vers Léontine, lui dit : « Parlez mon enfant, je vous écoute.

LÉONTINE

Vous m'avez peinée, mon cher ami, par votre sévérité pour ma pauvre Giselle. Je crains qu'elle n'ait compris toutes vos paroles ; elle est si intelligente ; elle en a beaucoup de chagrin, j'en suis bien sûre.

M. TOCAMBEL

Rassurez-vous, ma chère enfant ; bien loin d'avoir du chagrin, elle est contente de m'avoir *vexé*, comme elle le croit ; elle m'a peiné en effet, vous aussi ; elle, par sa fausseté et ses intentions malicieuses ; et vous, par votre faiblesse et votre confiance aveugle en ses paroles.

LÉONTINE, *avec surprise*

Ma faiblesse ? Ma faiblesse ? Comment ? Au moment où j'use de sévérité à son égard, où je l'oblige à m'obéir malgré ses larmes, vous m'accusez de faiblesse ? Que fallait-il donc faire ?

M. TOCAMBEL

Il fallait ouvrir les yeux, mon enfant, et voir que sa feinte amitié pour moi, que sa demande en grâce pour son oncle et sa tante, que sa prétendue étourderie en parlant de mon âge et en rapportant les paroles de la tante Monclair, que ses larmes forcées, que tout cela était fausseté et mensonge. Aussitôt qu'il s'agit de Giselle, vous devenez aveugle à l'évidence, sourde à la vérité. Et à présent, ma chère enfant, dites-moi ce que vous aviez à me dire. »

Léontine, un peu émue, lui raconta la scène qui s'était passée chez son frère et le martyre de la malheureuse Giselle. M. Tocambel l'écouta attentivement ; quand elle eut tout dit, il leva les yeux sur elle, lui serra les mains et lui dit avec un sourire :

« Pauvre mère ! Comme vous voilà troublée pour un rien !

LÉONTINE

Pour un rien ! Vous appelez un rien d'avoir traîné mon enfant dans toute la maison, de l'avoir menacée du fouet, de l'avoir garrottée comme un malfaiteur, de l'avoir torturée ainsi pendant une grosse heure ! Tout cela n'est rien ? À moins de l'avoir tuée, je ne vois pas ce que Pierre aurait pu faire de mieux.

M. TOCAMBEL

Tout cela est faux, je le garantis. Vous connaissez Pierre tout aussi bien que je le connais ; vous savez qu'il est bon, qu'il est juste, qu'il vous aime, et qu'il est incapable d'un acte injuste et cruel.

LÉONTINE, *indignée*

Alors vous ne croyez pas ma fille ?

M. TOCAMBEL

Je ne la crois pas du tout. D'abord, elle est en colère contre son oncle et sa tante qui l'ont probablement empêchée de faire quelque sottise. Ensuite, elle ne dit pas toujours les choses comme elles sont. Attendez pour juger votre frère qu'il vous ait raconté lui-même ce qui s'est passé.

LÉONTINE, *très vivement*

Et vous croyez que Pierre osera nier ses brutalités à l'égard de Giselle ?

M. TOCAMBEL

Je crois qu'il osera dire la vérité, ce qui n'est pas sans danger avec vous. Tenez, dans ce moment vous me détestez, vous voudriez me voir à cent lieues d'ici.

LÉONTINE, *sanglotant*

Je vous croyais un ami, et vous ne l'êtes pas, je comptais sur vous, qui avez de l'influence dans la famille, pour protéger ma pauvre Giselle, et vous l'accablez de votre mépris et de vos faux jugements. Pauvre enfant ! Pauvre ange calomnié ! »

Léontine sanglota de plus belle ; M. Tocambel resta impassible. De temps en temps il prenait une prise de tabac ; il attendit ainsi que la crise fût passée. Quand Léontine cessa de pleurer, il lui parla sérieusement, mais avec douceur, de sa trop grande faiblesse pour sa fille, du mal qu'elle lui faisait et du triste avenir qu'elle lui préparait. Il parvint à la faire consentir à une explication avec son frère.

M. TOCAMBEL

Voulez-vous y aller avec moi ? Je vous donne toute ma fin de journée, s'il le faut.

LÉONTINE

J'aimerais mieux attendre ; je suis trop émue, trop troublée maintenant. Mais que dire à Giselle ? Je ne puis croire qu'elle ait mis, comme vous le pensez, de la fausseté, de la vengeance, de la méchanceté dans sa conduite de ce matin.

M. TOCAMBEL

Mon enfant, croyez-en ma vieille expérience : Giselle a besoin d'être réprimandée, punie et tenue avec sévérité, jusqu'à ce que vous soyez parvenue à la rendre bonne, douce et sincère. Quant à Pierre, si vous ne voulez pas y aller, j'y vais, moi, et je vous rapporterai ses explications.

LÉONTINE

Merci, mille fois merci. Et de toute manière amenez Pierre avec vous. J'ai besoin de le voir. »

Léontine resta seule et réfléchit. Nous allons voir plus loin quel fut le résultat de ses réflexions.

Chapitre 4

La sévérité de Léontine

Une heure après le départ de M. Tocambel la porte s'ouvrit. Pierre entra, s'avança vers Léontine qui s'était levée, la prit dans ses bras et l'embrassa à plusieurs reprises.

PIERRE

Pauvre sœur !... Comme te voilà triste et malheureuse ! Tu as donc réellement cru que j'avais torturé ta fille ?

LÉONTINE

Pierre, mon bon Pierre ! pardonne-moi ! Oui, je t'ai cru méchant, cruel pour ma pauvre Giselle ! J'ai cru... »

Les larmes lui coupèrent la parole ; elle serra son frère contre son cœur, et pleura, la tête appuyée sur son épaule.

« Si tu savais, continua-t-elle, combien il m'est difficile et douloureux de croire Giselle coupable de mensonge, de méchanceté, de fausseté. J'aime tant cette enfant, la seule, hélas ! que le bon Dieu m'ait donnée.

PIERRE

Je comprends, chère Léontine, je comprends tout ; mais, dans l'intérêt même de Giselle, il faut que tu saches ce qui s'est passé ce matin ; tu verras ensuite ce que tu dois croire et ce qui te reste à faire. Asseyons-nous et écoute-moi. »

Pierre raconta exactement la scène qu'il avait eue avec Giselle, et ce qui s'était passé auparavant. Léontine pleura beaucoup. Quand il eut terminé son récit, elle l'embrassa affectueusement et lui dit :

« Mon bon Pierre, rends-moi un grand service : va chercher Giselle, amène-la-moi et reste là pour me donner le courage dont j'ai besoin et que je demande au bon Dieu. »

Pierre lui serra les mains et alla chercher Giselle.

PIERRE

Ta mère te demande, Giselle ; viens au salon.

GISELLE

Pas avec vous, toujours.

PIERRE

Si fait, avec moi. Ta maman le veut.

GISELLE, *avec malice*

Maman le veut !... Elle le veut si je veux.

PIERRE

Tu te trompes, ma fille. Je te répète que ta maman le veut... Entends-tu ? Elle le *veut*... et tu vas venir. »

Le ton ferme de Pierre décida Giselle à obéir de bonne grâce ; elle ne voulait pas que sa mère la crût capable de résistance ouverte à la volonté de son oncle. Elle se leva et le suivit.

Giselle eut peur en entrant chez sa mère ; le doux et affectueux sourire avait fait place à une expression froide et sévère. Giselle s'arrêta au milieu de la chambre.

« Approche, Giselle. Pierre, viens t'asseoir près de moi. »

Léontine se recueillit un instant, le visage caché dans ses mains qui tremblaient visiblement.

« Giselle, dit-elle d'une voix pleine de tristesse et de douceur, Giselle, tu m'as trompée ; mon frère m'a tout raconté. Il a eu cent fois raison ; ta conduite a été très mauvaise ; elle m'a beaucoup affligée. Tu as perdu ma confiance ; à l'avenir je ne croirai plus à tes paroles ; je sais maintenant avec quel aplomb tu sais mentir. Ma trop grande indulgence fera place à la sévérité. Va dans ta chambre et reste avec ta bonne ; tu y dîneras seule ; je ne veux pas te voir jusqu'à demain.

GISELLE

Maman, ma bonne petite maman, je vous aime tant ! Pardonnez-moi, je ne savais plus ce que je vous disais en revenant de chez mon oncle ; je ne recommencerai pas, je vous assure. Croyez-moi, ma bonne petite maman, et laissez-moi avec vous. »

Giselle se jeta à genoux et baisa les mains de sa mère, qu'elle voyait fléchir et s'attendrir.

Léontine, irrésolue, regarda Pierre ; il lui serra la main et lui dit tout bas :

« Courage, ne cède pas. »

Léontine soupira, retira la main que baisait Giselle et lui dit avec froideur :

« Je ne te crois pas, Giselle. Obéis, et va-t'en. Quand je te verrai corrigée, je te rendrai ma confiance et ma tendresse. Pierre, mon ami, emmène-la et reviens près de moi. »

Pierre s'empressa de faire sortir Giselle qui essaya de résister en se cramponnant à la robe de sa mère ; mais elle n'osa pas faire une scène de violence et se laissa emmener.

« C'est vous, dit-elle à son oncle, quand la porte fut refermée, c'est vous qui avez donné des conseils à maman. Sans vous elle n'aurait pas eu le courage de me renvoyer.

PIERRE

Tu ne te trompes pas, Giselle ; elle a écouté mes conseils et ceux de notre ancien ami M. Tocambel ; et, bien mieux, elle est décidée à les suivre à l'avenir ; ainsi, je t'engage à changer de conduite et de sentiments, si tu ne veux pas voir diminuer de jour en jour sa tendresse pour toi. »

Giselle ne répondit pas ; elle résolut de ramener sa mère par ses câlineries et de se faire protéger par son père.

Pierre revint près de sa sœur qu'il trouva désolée et inquiète. Il la rassura sur l'état de Giselle, l'approuva, l'encouragea à tenir bon et la quitta au moment où M. de Gerville rentrait.

Chapitre 5

Les bouquets

Le lendemain de cette journée si agitée, Georges s'éveilla de bonne heure.

« Ma bonne, dit Georges, allez vite éveiller mes tantes Blanche et Laurence, pour porter nos bouquets à maman.

LA BONNE

Pas encore, mon petit Georges ; il est trop tôt ; vos tantes dorment encore et votre maman aussi.

GEORGES

Je voudrais bien me lever, ma bonne, pour être habillé.

LA BONNE

Tout à l'heure, mon ami ; je prépare tout et je vais aller chercher de l'eau chaude. »

Quand la bonne fut sortie, Georges s'assit sur son lit et regarda Isabelle, qui dormait encore profondément.

GEORGES

Tiens, Isabelle qui dort... Isabelle, Isabelle ! »

Mais Isabelle ne bougeait pas.

« Il faut bien pourtant qu'elle donne son gros bouquet à maman... Isabelle !... Elle dort toujours !... Je vais l'éveiller. »

Georges se lève et va secouer Isabelle.

« Isabelle ! lève-toi. Il faut donner les bouquets à maman. »

Isabelle entrouvre les yeux et les referme en murmurant : « Je veux dormir.

GEORGES, *très haut*

Il faut te lever pour donner les bouquets.

ISABELLE, *engourdie*

Je veux dormir, laisse-moi.

GEORGES, *désolé*

Mon Dieu ! mon Dieu ! elle ne veut pas s'éveiller. Comment faire ?... *(Il lui crie dans l'oreille :)* Isabelle ! »

Isabelle se soulève à moitié, pousse Georges, qui tombe assis par terre, et retombe endormie sur son oreiller.

GEORGES, *se relevant*

Méchante ! Tu m'as fait mal ! Je te dis qu'il faut porter les bouquets. Elle dort de nouveau ! »

Il hésite sur ce qu'il a à faire.

« C'est que j'ai froid, moi, en chemise et nu-pieds... Alors je vais me recoucher, et quand ma bonne sera revenue, elle réveillera la grosse Bébelle. »

Georges se recoucha, se réchauffa dans son lit. Quand sa bonne rentra, il dormait aussi profondément qu'Isabelle.

« Tant mieux, dit la bonne, il est trop matin pour ce pauvre petit. Je vais préparer leurs belles toilettes pour souhaiter la fête à leur maman. »

Deux heures se passèrent et les enfants dormaient

toujours. Blanche et Laurence entrèrent chez eux ; il était huit heures.

BLANCHE

Comment ! ils dorment encore !

LA BONNE

Oui, mademoiselle. Georges s'était éveillé à cinq heures et demie, il voulait se lever et vous faire éveiller pour porter les bouquets ; j'ai été chercher de l'eau chaude ; quand je suis revenue, il s'était rendormi et dort encore. »

La voix de leurs tantes réveilla Georges et Isabelle ; ils se frottèrent les yeux et furent enchantés de voir leurs tantes. Georges sauta à bas de son lit et commença sa toilette, aidé de Laurence, tandis que Blanche s'occupait d'Isabelle.

« Pourquoi tu m'as poussé et m'as fait tomber ? dit Georges à Isabelle quand le plus fort de la toilette fut fait.

ISABELLE

J'ai pas poussé ; t'as pas tombé.

GEORGES

Je te dis que tu m'as poussé et que je suis tombé.

ISABELLE

Non ; te dis que non.

GEORGES

Menteuse ! C'est vilain de dire non.

ISABELLE

Moi pas menteuse ! Moi veux dire non.

GEORGES

Alors tu seras toujours une menteuse.

LA BONNE

Mais, Georges, quand donc Isabelle a-t-elle pu vous pousser, puisque vous dormiez encore quand vos tantes sont entrées ?

GEORGES

Quand je me suis levé pour la réveiller, elle ne voulait pas ; elle dormait toujours ; alors j'ai crié dans son oreille ; alors elle m'a poussé, je suis tombé et je m'ai fait du mal.

« Je comprends, dit Laurence en riant. Vois-tu, mon petit Georges, elle t'a poussé tout endormie sans savoir ce qu'elle faisait ; et, après, elle l'a oublié et elle ne ment pas en disant non.

GEORGES

À la bonne heure ! Alors tu n'es pas une menteuse ; je te pardonne.

ISABELLE

Merci, Georges. Je ne t'ai pas poussé, alors.

GEORGES

Oui, tu m'as poussé ! mais je te pardonne.

ISABELLE

Non, je ne t'ai pas poussé. »

Georges allait se fâcher de nouveau, mais sa tante lui expliqua encore qu'Isabelle ayant tout oublié, elle était trop petite pour comprendre qu'elle l'avait réellement poussé sans le savoir. Cette explication calma l'indignation de Georges ; leur toilette était finie, leurs tantes allèrent chercher les bouquets.

GEORGES

Qu'ils sont beaux, qu'ils sont beaux ! Merci, ma bonne tante ! Comme vous les avez bien faits ! Ils sont plus beaux qu'hier.

LAURENCE

C'est que j'ai ajouté quelques fleurs. »

En effet, Laurence avait remis dans les bouquets des enfants les camélias que Noémi avait trouvés si beaux la veille et qui ne couraient plus aucun risque, puisque les enfants ne devaient les avoir qu'au moment de les donner.

Georges et Isabelle se mirent en marche, se tenant par la main et suivis de leurs tantes. Leur maman était encore en robe de chambre ; elle les reçut en les embrassant bien des fois, ainsi que ses bonnes sœurs.

Quand Noémi eut bien examiné et admiré les bouquets, elle dit aux enfants qu'elle allait mettre les fleurs dans des vases que leur papa venait de lui donner.

GEORGES

Je vais mettre de l'eau, maman.

ISABELLE

Et moi aussi, veux mettre de l'eau.

NOÉMI

Non, mes enfants, vous casseriez mes vases et vous répandriez de l'eau partout. Ôtez seulement les papiers qui enveloppent les bouquets, et donnez-les-moi ensuite. »

Laurence et Blanche aidèrent Noémi à placer les bouquets dans les vases ; les enfants tournaient autour ; ils étaient enchantés.

GEORGES

Maman, pourquoi vous voulez pas nous laisser mettre de l'eau ? Giselle verse toujours l'eau de sa maman.

NOÉMI

D'abord, Giselle est beaucoup plus grande que toi, mon petit Georges ; ensuite Giselle n'est pas obéissante ; elle prend de l'eau quand sa maman le lui défend ; moi, je ne veux pas que vous soyez désobéissants.

GEORGES

Mais si vous permettez, ce ne sera pas désobéissant. Je demande pourquoi vous ne permettez pas.

NOÉMI

Parce que tu es trop petit ; tu n'as pas assez de force pour verser de l'eau d'un lourd pot à eau sans la répandre, et l'eau répandue mouille et abîme les meubles.

GEORGES

Oh ! je suis fort, moi.

NOÉMI

Ah bien ! puisque tu es si fort, prends mon pot à eau et verse-moi de l'eau dans le verre qui est sur la table. »

Georges, enchanté, courut au pot à eau, qui était plein, le saisit, en fit tomber la valeur d'un demi-verre sur sa blouse et l'apporta sans autre accident à sa maman.

GEORGES

Tenez, maman, prenez.

NOÉMI

Non, mon enfant, puisque tu es si fort, verses-en toi-même dans mon verre. »

Georges aurait mieux aimé ne pas verser lui-même ; il commençait à sentir que c'était trop lourd pour ses forces et il craignait de répandre de l'eau. Mais il ne voulut pas l'avouer et il leva le pot à deux mains. Malgré toutes ses précautions, il pencha le pot plus vite qu'il n'aurait voulu ; le verre se trouva en un instant si bien rempli que la table fut inondée, que l'eau coula de tout côté et que les beaux habits de Georges furent trempés. Sa maman le regarda.

« Eh bien, Georges, avais-je raison de te dire que tu n'étais pas assez fort ? »

Le pauvre Georges était rouge et honteux. Sa mère lui prit le pot à eau des mains ; aidée de Laurence et de Blanche, elle épongea, essuya tout ce qui avait été mouillé. Isabelle crut aider beaucoup en épongeant avec son petit mouchoir ; elle profita d'une si bonne occasion pour laver sa petite chaise en velours bleu.

BLANCHE

Ah ! mon Dieu, Isabelle ! Que fais-tu ? ta chaise est trempée.

ISABELLE

Elle est bien propre à présent ; voyez, ma tante ! Elle était très sale. Mon mouchoir, mes mains, tout est bleu.

LAURENCE

Quelle bêtise tu fais, Isabelle ! Ta jolie robe blanche est pleine de taches bleues.

ISABELLE

Ça ne fait rien, ça ne fait rien.

NOÉMI

Comment, ça ne fait rien ! Tu vas aller bien vite mettre une autre robe et te savonner les mains. Quant à toi, Georges, tu vas aller te changer de tout, car tu es trempé de partout. Voilà ce que c'est que de se croire si fort !

LAURENCE

Et de ne pas croire ta maman. »

Georges et Isabelle se retirèrent sans répondre et furent très mal reçus par leur bonne, qui leur avait mis leurs plus beaux habits pour la fête de leur maman.

Quand ils furent lavés et rhabillés, leur tante Laurence vint les chercher pour déjeuner avec leur mère.

LAURENCE

À cause de la fête de votre maman, nous allons tous prendre du chocolat. Votre papa est là aussi : nous vous attendons.

GEORGES

Est-ce que papa ne va pas me gronder ?

LAURENCE

Non, non, sois tranquille ; ta maman lui a expliqué ce qui est arrivé.

GEORGES

Qu'est-ce que papa a dit ?

LAURENCE

Il a dit que c'était bien fait ; que tu croyais toujours pouvoir faire comme les grandes personnes, et qu'il ne fallait pas t'écouter.

ISABELLE

Et moi, qu'est-ce qu'il a dit ?

LAURENCE

Il a dit que tu étais une petite folle de trois ans et qu'il ne fallait pas te gronder. »

Laurence les embrassa et les emmena, très contents ; la bonne seule resta de mauvaise humeur des belles toilettes perdues.

En entrant chez sa maman, Georges regarda son père d'un air craintif. Isabelle, voyant son frère intimidé, fit semblant d'avoir peur aussi et resta près de Georges les yeux baissés.

PIERRE, *riant*

Allons, allons, mes enfants, ne tremblez pas si fort. Vous avez fait des bêtises et des maladresses ; mais les bêtises ne sont pas des méchancetés. Venez, que je vous embrasse, et prenons notre chocolat, qui se refroidit. »

La gaieté revint subitement. Les enfants embrassèrent tout le monde ; leurs yeux brillèrent comme des escarboucles quand leurs tasses se remplirent de chocolat ; un grand silence régna jusqu'à la fin du déjeuner, et un soupir de satisfaction annonça aux parents que les petits en avaient *assez*, ce qui veut toujours dire *trop* chez les enfants.

PIERRE

À présent, mes enfants, allez courir dans le jardin, et soyez bien sages ; toi, Isabelle, ne fais pas la blanchisseuse, et toi, Georges, ne sois pas trop fort.

— Papa, je serai bien sage, dit Georges en embrassant son père.

— Papa, je serai bien sage », dit Isabelle en embrassant aussi son père.

Et ils partirent en courant.

Le père les regardait par la fenêtre.

« Ils sont gentils, ces enfants ; très bons tous les deux. Isabelle est drôle ; elle imite Georges en tout ce qu'il fait et ce qu'il dit.

LAURENCE

J'espère bien que Giselle ne viendra pas troubler notre journée, aujourd'hui. »

Chapitre 6

Léontine devient terrible

À peine avait-elle achevé sa phrase que Giselle ouvrit la porte.

« Ma tante, je viens vous souhaiter votre fête », dit-elle en s'avançant vers sa tante Noémi et lui présentant un magnifique bouquet.

NOÉMI

Merci Giselle de ta visite et de ton bouquet. Il est superbe.

GISELLE

Papa me l'a choisi pour remplacer les fleurs que j'ai brisées hier, chez mes cousins. Et je suis bien fâchée, ma tante ; je vous en demande bien pardon, ainsi qu'à mon oncle. »

Giselle embrassa sa tante et baisa la main de son oncle.

GISELLE

C'est vous que j'ai le plus offensé, mon oncle. Je serais bien contente de vous entendre dire que vous me pardonnez.

PIERRE

Je te pardonne de tout mon cœur, ma pauvre

Giselle, et je souhaite que ton repentir soit sincère. Est-ce ta maman qui t'a envoyée ou bien es-tu venue de toi-même ? »

Giselle hésita un instant et répondit :

« C'est maman, mon oncle ; je n'aurais pas osé venir, si elle ne me l'avait dit.

NOÉMI

Pourquoi n'aurais-tu pas osé, Giselle ? Tu sais combien ton oncle est bon ! Il t'a pardonné tant de fois, et il aime tant ta maman !

GISELLE

Oui, mais il n'aime pas papa.

PIERRE

Il ne faut pas croire cela, ma fille ; je suis moins lié avec lui qu'avec ta maman, qui est ma sœur et mon amie d'enfance ; mais l'aimer moins ne veut pas dire que je ne l'aime pas. N'as-tu pas aussi des excuses à faire à ta tante Laurence ?

GISELLE

Maman ne me l'a pas dit.

PIERRE

Mais ton cœur, si tu en as un, doit te le dire. »

Giselle parut indécise ; pourtant elle s'approcha de sa tante Laurence et lui dit, avec une répugnance visible :

« Pardonnez-moi, ma tante.

LAURENCE

Je te pardonne, ma pauvre fille ; et que le bon Dieu

te vienne en aide pour te corriger et regagner notre affection à tous !

GISELLE

Mon oncle, puis-je aller jouer avec Georges et Isabelle ?

PIERRE

Vas-y, ma petite, et sois sage ; ne les taquine pas ; songe que tu as quelques années de plus qu'eux.

GISELLE

Je serai bien sage, mon oncle. »

Giselle sortit. Pierre regarda sa femme et ses sœurs.

PIERRE

Que pensez-vous du repentir de Giselle ? »

Noémi sourit et ne répondit pas.

Blanche voulut parler et ne dit rien.

Laurence secoua la tête et dit :

« Je ne le crois ni sincère ni profitable ; elle a obéi à Léontine parce qu'elle a vu qu'elle devait céder. Il paraît que la pauvre Léontine a eu du courage cette fois-ci et qu'elle a maintenu la pénitence.

PIERRE

Cette pauvre Léontine ! Dans quel état je l'ai trouvée hier ! Si elle pouvait continuer ce qu'elle a commencé, Giselle serait tout autre dans peu de mois.

LAURENCE

Elle a commencé tant de fois ! et jamais elle n'a persévéré. Giselle parvient toujours à faire ses volontés, et à se faire passer pour une innocente victime de notre cruauté.

NOÉMI

Il faut dire aussi que le père est si faible pour Giselle qu'au lieu de soutenir Léontine il la décourage sans cesse. Avec lui, Giselle a toujours raison.

PIERRE

Et toi, Blanche, tu ne dis rien ?

BLANCHE

Que veux-tu que je dise, mon bon Pierre ? Je vois bien que vous avez tous raison ; mais j'aime beaucoup Léontine, et il m'est très pénible de la blâmer. D'ailleurs, Giselle est si fausse que... »

Georges interrompit Blanche en ouvrant brusquement la porte.

GEORGES

Papa, papa, venez vite, s'il vous plaît ; toute l'eau s'en va ; nous ne pouvons pas fermer le robinet.

PIERRE

Quel robinet ? Comment est-il ouvert ?

GEORGES

Le robinet du jardin, papa ; Giselle l'a ouvert ; elle ne peut plus le fermer.

PIERRE

Ta bonne n'est donc pas avec vous ?

GEORGES

Si, papa ; mais elle a emmené Isabelle pour lui mettre d'autres bas ; ils sont tout mouillés.

PIERRE

Giselle fait des siennes, à ce que je vois.

LAURENCE

Comme toujours ; elle ne fait que cela. »

Pierre sortit précipitamment avec Georges, qui courut en avant ; quand ils arrivèrent au robinet que M. de Néri avait fait placer pour arroser les fleurs du jardin, le chemin était inondé. Giselle cherchait à tourner le robinet ; elle l'avait ouvert avec peine ; mais l'eau la gênait pour le fermer ; elle coulait toujours aussi abondamment.

M. de Néri le tourna sans difficulté.

M. DE NÉRI

Pourquoi as-tu ouvert ce robinet, Giselle ? Tu sais que je l'avais défendu.

GISELLE

Ce n'est pas moi, mon oncle ; c'est Georges.

GEORGES

Non : c'est toi qui as voulu.

GISELLE

C'est pour t'aider, parce que tu le voulais.

GEORGES

Ce n'est pas vrai. J'ai dit : « Papa défend » ; tu as dit : « Ça ne fait rien ; il ne saura pas. »

GISELLE

Tu es un menteur. Tu dis ça pour me faire gronder par mon oncle.

GEORGES

Non, je ne suis pas un menteur ; c'est toi qui es une méchante. Papa, ce n'est pas moi, c'est Giselle qui ment.

M. DE NÉRI

Giselle, tu as fait une sottise ; au lieu de l'avouer, tu fais un mensonge et une méchanceté ; je ne veux pas que tu restes ici : va-t'en chez toi. »

Giselle devint rouge ; ses yeux étincelaient de colère ; elle fut sur le point de répondre avec emportement ; mais elle n'osa pas. Elle partit sans dire mot, et alla chercher sa bonne.

LA BONNE

Vous voilà déjà prête à partir, mademoiselle Giselle ? Je croyais que vous deviez rester longtemps.

GISELLE, *sèchement*

J'aime mieux voir maman.

LA BONNE

Partons, alors ; vous avez eu quelque mauvaise affaire, à ce que je vois.

GISELLE

Je n'ai rien eu du tout, et je vous prie de ne pas inventer des histoires pour me faire encore gronder.

LA BONNE

Mon Dieu, mademoiselle Giselle, je n'invente rien du tout ; je ne sais pas pourquoi vous vous mettez en colère. »

Giselle ne répondit pas et se mit en route, suivie de sa bonne, qui avait bien envie de se moquer de l'air furieux de Giselle, mais qui n'osa pas, de peur de la mécontenter et de perdre sa place. Il y avait eu déjà huit bonnes renvoyées par suite des plaintes de cet ange de douceur, et, comme nous le savons déjà, la bonne avait sa mère à soutenir et sa vie à gagner.

M. de Néri ramena Georges à sa bonne ; elle achevait d'habiller Isabelle, et avait beaucoup d'humeur de ces toilettes toujours à recommencer.

M. DE NÉRI

Annette, comment Isabelle s'est-elle mouillée ainsi, et pourquoi les avez-vous laissés jouer avec de l'eau ?

LA BONNE

Monsieur sait bien que Mlle Giselle était là ; avec elle, monsieur doit savoir que tout va à l'envers, il n'est pas possible de se faire obéir : elle vous lance des sottises, et puis elle entraîne les enfants, qu'elle pousse à faire mal.

M. DE NÉRI

Giselle prétend que c'est Georges qui a voulu ouvrir le robinet du réservoir.

LA BONNE

En voilà une fameuse invention ! Je pense bien que monsieur n'y croit pas.

M. DE NÉRI

Non, certainement, parce que je sais que mon petit Georges ne ment jamais et que Giselle ment sans cesse. Tu vois, Georges, l'avantage de ne pas mentir ; on te croit toujours, et tu n'es jamais puni injustement.

GEORGES

Oui, papa, je suis très content ; je ne mentirai jamais.

ISABELLE

Oui, papa, très content ; mentirai jamais.

M. DE NÉRI

C'est bien, c'est bien, perroquette ; tu ne sais seulement pas ce que c'est que mentir.

ISABELLE

Oui, je sais. Mentir, c'est dire non. »

M. de Néri se mit à rire, embrassa Isabelle et Georges, et retourna chez sa femme et ses sœurs, auxquelles il raconta ce qui s'était passé. Ils se séparèrent pour aller faire leur toilette.

Giselle était rentrée ; elle alla chez sa mère.

« Ma bonne petite maman, dit-elle en l'embrassant à plusieurs reprises, j'ai demandé pardon à mon oncle, à mes tantes, comme vous me l'aviez ordonné, mais je crains qu'ils ne m'aient pas pardonné.

LÉONTINE

Pourquoi penses-tu cela, mon amour ? Ton oncle a été très bon pour toi hier.

GISELLE, *tristement*

Oui, maman ; devant vous il est bon, parce qu'il craint de vous faire de la peine ; mais quand je suis seule, il me parle et il me regarde si sévèrement, que cela me fait peur. Tous là-bas sont sévères pour moi, j'en suis bien triste. Tout à l'heure encore, j'ai aidé Georges à tourner un robinet pour remplir son petit arrosoir ; Isabelle s'est mouillée, en se mettant trop près du robinet ; mon oncle a cru que je l'avais fait mouiller par méchanceté et il m'a renvoyée. Ce sont eux qui mentent et on croit que c'est moi.

LÉONTINE

Ma pauvre petite chérie ! Ton oncle ne croit pas

encore que tu sois corrigée ; mais je lui parlerai ; sois tranquille, ne te chagrine pas. »

Giselle fit semblant de pleurer.

LÉONTINE

Ne pleure pas, mon amour, ne pleure pas, je t'en prie.

GISELLE, *sanglotant*

Mon oncle ne vous croira pas ; il vous dira que j'ai été méchante ; vous le croirez, et vous me gronderez. Je suis si malheureuse quand vous me grondez ! Je vous aime tant, ma chère petite maman ! »

Giselle sanglota de plus belle ; Léontine était désolée, elle l'embrassait, la serrait contre son cœur, l'appelait son cher ange, son cher amour ; enfin, elle lui promit de la croire, de ne pas écouter son oncle ni ses tantes, et de l'aimer comme auparavant.

Cette promesse arrêta le prétendu désespoir et les larmes feintes de Giselle ; elle embrassa sa mère et lui demanda une récompense pour lui avoir si bien obéi en demandant pardon à son oncle.

LÉONTINE

Quelle récompense veux-tu, ma petite chérie ?

GISELLE

Je veux que vous donniez un bal pour m'amuser.

LÉONTINE

Un bal ! Mais, ma chère petite bien-aimée, tu es trop jeune pour aller au bal !

GISELLE

Non, je ne suis pas trop jeune ; ma tante de Morlaix a dit l'autre jour qu'elle allait au bal à douze ans et qu'on l'admirait beaucoup.

LÉONTINE

D'abord, douze ans, c'est plus âgé que toi qui en as dix. Et puis, ta tante le disait pour prouver qu'elle avait été très mal élevée et qu'elle était ignorante, parce qu'elle n'avait pas eu le temps d'apprendre.

GISELLE

Mais moi, je sais déjà beaucoup de choses ; et puis, je ne vous demande pas un bal tous les jours, seulement une fois, ma bonne chère maman ; vous seriez si bonne, je vous aimerais tant.

LÉONTINE

Ma pauvre petite, comment veux-tu que je donne un bal ! Et que dirait papa ? Et pour quelle raison donnerais-je un bal ?

GISELLE

Pour me faire plaisir, ma bonne petite maman. Est-ce que vous ne voulez pas faire plaisir à votre pauvre Giselle ?

« Quant à papa, il ne dira rien, si vous me laissez faire ; je le câlinerai, je le supplierai, il voudra bien, j'en suis sûre. Voyons, petite mère, est-ce oui ?

LÉONTINE

Pas encore, mon enfant chérie, pas encore ; laisse-moi réfléchir et en parler à... à... à des amis.

GISELLE

À des amis ? c'est-à-dire à mon oncle Pierre et à cette vieille tête de gazon, M. Tocambel, répliqua

Giselle en s'éloignant de sa mère et en fronçant le sourcil. Si vous leur en parlez, ils diront non, exprès pour me contrarier.

LÉONTINE

Ne crois donc pas cela, mon amour ; ils t'aiment beaucoup et...

GISELLE, *avec colère, tapant du pied*

Je vous dis que non ; ils ne m'aiment pas ; je le vois, je le sais. Et si vous leur en parlez, je ne vous aimerai pas non plus ; vous verrez ça.

LÉONTINE

Giselle, Giselle, quelle peine tu me fais, en me parlant ainsi !

GISELLE

Ah bah ! si je vous faisais de la peine, vous m'écouteriez et vous donneriez un bal pour me faire plaisir.

LÉONTINE

Je ne peux pas, mon enfant ; crois-moi, je ne peux pas. »

La porte s'entrouvrit, M. de Gerville parut.

« Qu'est-ce qu'il y a donc ? Pourquoi mon cher amour de fille est-elle toute triste ? Et vous, Léontine, vous avez l'air fâchée. Est-ce que vous grondez ma Giselle, par hasard ? ajouta-t-il en prenant un air sévère.

LÉONTINE

Non, Victor, pas du tout ; seulement je lui disais que... que...

GISELLE, *se jetant dans les bras de son père*

Oui, papa, mon cher papa. Maman me gronde parce que j'ai envie de danser, que je lui demande de donner un bal, un tout petit bal pour m'amuser.

— Un bal ! reprit M. de Gerville avec surprise.

LÉONTINE

Oui, mon ami, elle me demande un bal. Comment voulez-vous que je donne un bal ? Pour qui et pourquoi ? À quoi cela ressemblerait-il ? Ce sera tout à fait ridicule ! Un bal à la fin du printemps, quand personne n'en donne plus.

M. DE GERVILLE

Oh ! ce ne serait pas une raison ; seulement, Giselle est bien jeune...

LÉONTINE

C'est ce que je lui disais tout justement. À son âge il faut travailler.

M. DE GERVILLE

Il est certain, cependant, qu'on ne peut pas toujours travailler ; il faut qu'elle s'amuse quelquefois. » Giselle lui serre la main.

LÉONTINE

Mais vous savez, Victor, qu'un bal coûte très cher ; que nous sommes un peu gênés, à cause de ce terrain que vous avez acheté et fait arranger en jardin, pour que Giselle ait de quoi s'amuser.

M. DE GERVILLE

Oh ! ceci pourrait s'arranger ; un bal d'enfants ne coûte pas si cher ! » Giselle lui baise la main.

LÉONTINE

Mais, mon ami, que diraient ma famille et mes amis de cette folie ? car c'en serait une.

M. DE GERVILLE

Parbleu ! Ils diraient ce qu'ils voudraient ! Je me moque pas mal de leur approbation ! Faut-il leur demander des permissions ? N'avons-nous pas le droit de faire ce que nous voulons ? »

Giselle se jette à son cou, et l'embrasse avec tendresse en répétant :

« Mon bon, mon cher petit père, c'est vous qui m'aimez ; aussi je vous aime, je vous aime de toutes mes forces !

LÉONTINE, *avec tristesse*

Et moi, ma Giselle ? Est-ce que tu ne m'aimes pas autant que tu aimes papa ? »

Giselle, toujours attachée au cou de son père, jeta un regard froid et sec sur sa mère, se serra de nouveau contre son père et dit :

« J'aime papa, mon bon, mon cher papa. »

Et elle resta la tête appuyée sur l'épaule de son père, l'encourageant, de temps à autre, d'un baiser ou d'une caresse.

LÉONTINE

Je vous en prie, Victor, ne promettez rien à Giselle avant que j'aie consulté quelques amis.

M. DE GERVILLE

Qui voulez-vous consulter ?

LÉONTINE

D'abord, j'en parlerai à mon frère...

GISELLE, *bas à son père*

Oh, papa ! Mon oncle qui me déteste !

M. DE GERVILLE

L'avis de votre frère n'est rien pour moi.

LÉONTINE

Ensuite à mon vieil ami Tocambel.

GISELLE, *de même*

Celui-là est encore pis que mon oncle.

M. DE GERVILLE

Ce vieux fou, presque en enfance ! Ensuite ?

LÉONTINE

Ensuite, à ma tante de Monclair.

M. DE GERVILLE, *riant*

Voilà un conseil bien choisi ! Un enragé, un fou et une folle. Ha, ha, ha ! »

Giselle rit aussi avec affectation : « Ha, ha, ha ! »

LÉONTINE

Giselle, je te prie de ne pas rire de ce que je dis ; c'est très impertinent, et je te prie de te taire.

GISELLE

Papa rit si bien. Je fais comme mon cher bien-aimé papa, C'est si drôle ce que vous dites. Ha, ha, ha !

LÉONTINE

Giselle, va dans ta chambre, et sois assurée que tu n'auras pas de bal.

GISELLE

Je l'aurai si mon excellent et cher papa veut bien m'en donner un. Il est si bon ! je l'aime tant !

LÉONTINE

Victor, vous voyez le mal que vous faites, par votre trop grande bonté pour cette enfant. Ah ! Pierre et mon vieil ami avaient bien raison ! Nous la gâtons et nous la perdons. Je vous en prie, Victor, faites-la obéir ; qu'elle sorte. »

M. de Gerville, après quelque hésitation, se leva et voulut poser Giselle à terre pour la renvoyer. Mais Giselle, s'accrochant à lui, l'embrassa, pleura, supplia tant et tant, qu'il finit par se rasseoir avec Giselle sur ses genoux.

LÉONTINE

Giselle, tu as entendu ce que je t'ai dit. Sors, et va dans ta chambre.

GISELLE

Papa, papa, au secours ! »

Léontine se leva, parla bas à son mari, prit Giselle qui commençait à s'effrayer de la fermeté de sa mère, l'entraîna loin de son père, et la mena jusque dans la chambre de sa bonne.

« Gardez cette méchante enfant, dit Léontine, et faites-la travailler... si vous pouvez », ajouta-t-elle à mi-voix.

Léontine rentra dans sa chambre ; son mari était triste et pensif. Léontine s'assit près de lui.

« Victor, lui dit-elle, vous avez fait comme moi, mon ami, vous avez faibli ; mais j'ai été soutenue, au moment où je faiblissais, par le souvenir de mon frère, de notre ami dévoué Tocambel, et de leurs sages conseils. Cher Victor, nous perdons notre pauvre Giselle par trop d'amour et de faiblesse ; nous préparons son malheur et le nôtre. Ô Victor, je t'en supplie, écoute-moi, aide-moi, soutiens mon courage au lieu de l'affaiblir ; retiens-moi quand je faiblis, résiste aux volontés de Giselle, et, tous deux, écoutons les sages conseils de nos meilleurs amis. »

Victor serra sa femme dans ses bras.

« Je tâcherai, dit-il, je te le promets, mon amie ; je tâcherai. Où est-elle, cette chère petite ? Elle se désole sans doute.

LÉONTINE

Non, elle est tranquille ; elle a senti qu'elle devait céder. Laissons-la déjeuner dans sa chambre...

VICTOR

Pas avec nous ? Pauvre enfant ! Comme tu deviens sévère, Léontine !

LÉONTINE

Mon ami, elle m'a gravement manqué ! elle a été franchement impertinente, et c'est même ce qui m'a donné du courage... contre elle et contre toi », ajouta Léontine en souriant.

Un domestique vint annoncer qu'on était servi. Ils déjeunèrent sans Giselle.

Chapitre 7

Giselle toujours charmante

Dans l'après-midi, pendant que Giselle se promenait avec sa bonne aux Champs-Élysées, qu'elle taquinait les enfants avec lesquels elle jouait, et les bonnes de ces enfants, Léontine alla embrasser Pierre, Noémi et ses sœurs, et leur raconta son courage du matin et la demi-faiblesse qui avait précédé cette force extraordinaire.

Pierre et ses sœurs lui en firent leurs sincères compliments.

« Ce qui est assez singulier, dit Pierre, c'est que pendant que tu refusais ce bal que te demandait Giselle, nous arrangions, Noémi, tes sœurs et moi, une petite matinée dans le jardin pour nos enfants et pour ceux de la famille de nos amis qui sont encore à Paris. Nous ferons venir Guignol avec son Polichinelle ; ensuite, on tirera une loterie ; on dansera, on sautera ; puis on goûtera ou plutôt on dînera à six heures, et tout sera fini à huit heures. Tu vois, ma bonne Léontine, que ton courage est récompensé, puisque tu n'auras pas cédé à Giselle et que pourtant tu lui accorderas le plaisir qu'elle demande en l'amenant chez nous.

LÉONTINE

Que je te remercie, mon bon Pierre ! quelle joie tu me donnes et quel bien cette leçon va faire à Giselle !

PIERRE

Pour la rendre plus complète, je t'engage à ne pas lui en parler tout de suite ! et même, quand elle connaîtra mon projet de fête, tu lui refuseras d'abord de l'y amener, à cause de son impertinence envers toi !

LÉONTINE

Et bien mieux, je ne céderai qu'au dernier jour à tes sollicitations pressantes.

NOÉMI

Et aux nôtres, à mes sœurs et à moi, pour qu'elle change d'idée sur les sentiments que nous avons pour elle.

LÉONTINE

Je te remercie, Noémi, et vous tous, mes chers, mes vrais amis. »

Quand Léontine rentra chez elle, elle alla chercher Giselle, qu'elle trouva boudant dans un coin et refusant le travail que voulait lui faire faire sa bonne.

LÉONTINE

Giselle, as-tu réfléchi, ma chère enfant, à ta conduite envers moi ?

GISELLE

Non, je n'ai pas eu le temps.

LÉONTINE

Il ne faut pas longtemps pour comprendre qu'on a mal fait et pour le regretter.

GISELLE

Je n'ai pas mal fait. Ce n'est pas mal d'aimer papa et de le lui dire.

LÉONTINE

Non, c'est au contraire très bien...

GISELLE

Alors pourquoi me grondez-vous ?

LÉONTINE

Je ne te gronde pas, mon enfant, je te parle. Ce qui est mal, c'est d'avoir l'air de ne plus m'aimer, de n'aimer que papa, de se moquer de ce que je dis, en un mot, d'être impertinente avec moi. Voilà ce qui est mal.

GISELLE

Vous me refusez ce qui m'amuse ; papa veut bien me l'accorder, et vous l'en empêchez. Croyez-vous que ce soit agréable ?

LÉONTINE

Non, ce n'est pas agréable ; mais ce n'est pas une raison pour être impertinente envers moi, qui t'aime tant et qui cherche toutes les occasions de te le prouver.

GISELLE

Oui, joliment ! en me grondant et en me punissant.

LÉONTINE

Ma pauvre Giselle, tu as encore de l'humeur, tu ne sais ce que tu dis.

GISELLE

Je crois bien que j'ai de l'humeur ! ma bonne n'a fait que me gronder tout le temps de la promenade. »

Léontine, enchantée de donner une satisfaction quelconque à Giselle, se retourna vers la bonne.

LÉONTINE

Pourquoi, Émilie, grondez-vous Giselle ? Elle a pourtant été assez punie pour que vous la laissiez tranquille pendant sa promenade.

LA BONNE

Mon Dieu, madame, je ne pouvais pas faire autrement ; elle s'amusait à courir après toutes les balles des enfants et à les jeter dans les massifs entourés, dans lesquels madame sait qu'il est défendu d'entrer ; de sorte que tous ces pauvres enfants pleuraient et criaient de tous les côtés ; les bonnes étaient furieuses ; elles me tombaient sur le dos ; je ne pouvais pourtant pas la laisser continuer ; on avait été chercher des sergents de ville ; madame pense l'esclandre que cela aurait fait, de voir Mlle Giselle emmenée au poste par les sergents de ville.

LÉONTINE

Vous auriez pu la mener plus loin.

LA BONNE

C'est ce que j'ai fait, madame, malgré ses injures et sa résistance ; mais plus loin elle a recommencé un autre jeu ; elle enlevait et lançait au loin les chapeaux des enfants qui se trouvaient à quelque distance de leurs bonnes ; les enfants couraient après leurs chapeaux, les bonnes couraient après leurs enfants, Mlle Giselle reprenait les chapeaux pour les lancer

plus loin. Madame juge du désordre, des cris, et puis des reproches que j'avais à subir. Il a bien fallu gronder Mlle Giselle et l'emmener encore plus loin. Arrivée près des fontaines, la voilà qui imagine de puiser de l'eau avec sa main et d'en jeter sur les passants ; un monsieur qui en avait reçu deux fois dans la figure s'est fâché ; il a saisi l'oreille de mademoiselle et la lui a secouée à me faire peur ; je croyais que l'oreille allait lui rester dans la main. Mlle Giselle a crié pendant un quart d'heure ; il s'est formé un rassemblement autour de nous ; c'est ce qui fait que j'ai abrégé la promenade et que je l'ai ramenée à la maison.

LÉONTINE

Oh ! Giselle ! ce n'est pas gentil ce que tu as fait là, ma petite chérie. Et puis, c'est dangereux, comme tu vois. Il y a des gens qui sont si méchants, qui ne comprennent pas la moindre plaisanterie et qui se fâchent pour un rien.

GISELLE

C'est vrai ça ! Une autre fois je ne jouerai des tours qu'aux enfants très jeunes ; ceux-là du moins ne se défendent pas. Et les bonnes s'amusent à causer entre elles ; elles ne regardent pas aux enfants.

LÉONTINE

Joue le moins de tours possible, ma pauvre petite : les enfants se plaindraient à leurs bonnes, à leurs mamans, et personne ne voudrait plus jouer avec toi. Viens à présent travailler dans ma chambre ; tu n'as encore rien fait aujourd'hui !

GISELLE, *bâillant*

C'est si ennuyeux de travailler ! Et cette femme qui

vient me donner des leçons est si ennuyeuse, si bête ! Elle gronde toujours.

LÉONTINE

Parce que tu ne fais pas grand-chose, ma chère petite : ta maîtresse craint qu'on ne l'accuse de te donner de mauvaises leçons si tu ne travailles pas et si tu ne fais aucun progrès.

GISELLE

Qu'est-ce que cela lui fait ?

LÉONTINE

Cela lui fait du tort ; elle n'aurait plus autant d'élèves, et elle n'aurait plus de quoi vivre.

GISELLE

Ah ! cela lui ferait du tort ! Alors, quand elle m'ennuiera, je ne ferai rien de bien, elle sera furieuse ; ce sera très amusant.

LÉONTINE

Ce sera fort triste, parce que ce sera très méchant de ta part. Mais tu ne le feras pas, j'en suis bien sûre ; ton bon cœur sera plus fort que l'ennui de ta leçon.

GISELLE

Vous verrez, vous verrez.

LÉONTINE

Allons, viens ma Giselle ; Mlle Tomme doit être arrivée. »

Léontine sortit, emmenant Giselle qui se faisait un peu traîner. Mlle Tomme attendait son élève ; tout était prêt pour commencer la leçon.

Chapitre 8

Leçon de Mademoiselle Tomme

À peine Giselle s'était-elle mise au travail, que M. Tocambel et la tante Monclair vinrent voir Léontine.

MADAME DE MONCLAIR

Bonjour, Léontine. Bonjour, petite ; tu travailles ? que je ne vous dérange pas. Mademoiselle Tomme, continuez comme si je n'y étais pas. Et vous, père Toc, allez causer avec Léontine ; je vous rejoindrai tout à l'heure.

LÉONTINE

Mais, ma tante... j'aurais peur.

MADAME DE MONCLAIR

Quoi ? De quoi as-tu peur ? Ce n'est pas de mon grand savoir ; Giselle est persuadée que je suis une vraie cruche d'ignorance. Va-t'en, va-t'en ; laisse-nous travailler. Commencez, mademoiselle Tomme, ne les écoutez pas. Et vous autres, allez-vous-en. »

M. Tocambel et Léontine sortirent ; Mlle Tomme commença.

« Mademoiselle Giselle, nous allons faire une petite

répétition de la semaine passée. Prenons l'histoire de France, et puis l'histoire sainte.

« Comment appelez-vous le premier roi de France ?

GISELLE

Ce n'est pas difficile. C'est PHARAON.

MADAME DE MONCLAIR

Comment, Pharaon ? Tu veux dire PHARAMOND.

GISELLE

Non, ma tante ; Mlle Tomme m'a dit que c'était *Pharaon*.

MADEMOISELLE TOMME

Oh ! Mademoiselle Giselle ! vous savez que c'est *Pharamond*. Dites-moi qui était *Pharaon*.

GISELLE

Pharaon premier était roi de France et de Navarre ; il est vrai qu'il y a eu un autre Pharaon qui pêchait des poissons rouges dans un grand étang où il s'est noyé en se penchant par la fenêtre.

MADEMOISELLE TOMME, *indignée*

Oh ! oh ! Mademoiselle Giselle ! Devant votre tante !

GISELLE, *d'un air innocent*

Je dis ce que vous m'avez appris ! Quoi ? Que faut-il dire ? Je ne sais pas, moi.

MADAME DE MONCLAIR

Ha, ha, ha ! C'est très joli ! Je vois que tu es encore plus forte que moi, comme ignorance. Laissons la France, mademoiselle Tomme, et passons à l'histoire sainte.

MADEMOISELLE TOMME, *très mortifiée*

Je ne sais pas ce qui prend à Mlle Giselle ; elle savait tout cela sur le bout des doigts jusqu'à Charles IX.

GISELLE

Ah oui ! Je sais très bien ! Le Charles qui a passé devant la barrière de grand-père quand il s'est en allé en Angleterre ; M. Tocambel y était, je crois. Et vous aussi, ma tante, n'est-ce pas ?

MADAME DE MONCLAIR, *riant*

Ha, ha, ha ! Passe à Adam et Ève, ma fille. Je vais t'interroger, moi ! Comment s'appelait le fils d'ABRAHAM ?

GISELLE, *réfléchissant*

Le fils d'Abraham !... Ah oui ; je sais. C'était NOÉ.

MADAME DE MONCLAIR, *riant de plus en plus fort*

De mieux en mieux. Et qui était ISAAC ?

GISELLE

Isaac ! C'était un vieux juif qui achetait et vendait toutes sortes de choses.

MADAME DE MONCLAIR

Bravo ! Laissez donc, mademoiselle Tomme. Cela va très bien. Qu'est devenu Joseph, le fils de Jacob ?

GISELLE

Joseph ? Je crois qu'il a été tué par les juifs parce qu'il a donné un tombeau pour ensevelir Notre-Seigneur Jésus-Christ.

MADAME DE MONCLAIR, *se levant*

Très bien, ma fille, très bien. Tu es forte sur l'histoire sainte. Mademoiselle Tomme, vous avez une élève qui vous fait honneur ; si vous en avez plusieurs de cette force, elles vous feront une réputation dans le monde savant. Ha, ha, ha ! très joli ! très amusant ! »

Mme de Monclair quitta Giselle et entra au salon riant de toutes ses forces, tandis que Mllc Tomme, interdite et désolée, se mit à pleurer en face de Giselle, radieuse du tour qu'elle avait joué à la pauvre maîtresse, dont les leçons l'ennuyaient.

M. TOCAMBEL

Pourquoi riez-vous donc si fort, baronne ? Qu'avez-vous entendu de si drôle ?

MADAME DE MONCLAIR

Ha, ha, ha ! si vous saviez ! Ha, ha, ha ! Quel dommage que vous n'ayez pas été là ! Une répétition, ha, ha, ha ! comme vous n'en avez jamais entendu, mon bon père Toc.

LÉONTINE

Est-ce que Giselle n'a pas bien répondu ?

MADAME DE MONCLAIR

Parfaitement ! Admirablement ! *Pharaon* premier roi de France ! *Charles IX* qui a passé il y a trente-six ans devant la barrière de ton père ! *Abraham,* père de Noé ! *Isaac,* vieux juif revendeur d'occasion ! *Joseph,* qui a donné un tombeau pour ensevelir Notre-Seigneur ! Ha, ha, ha ! je n'avais jamais entendu chose pareille ! Bon Dieu ! quelle instruction ! quelle élève ! »

Mme de Monclair se leva.

« Il faut que je te quitte, Léontine : ma fille m'attend.

LÉONTINE

De grâce, ma tante, ne dites rien, ne racontez rien de ce que vous a dit Giselle ; vous feriez un tort sérieux à Giselle et à la pauvre Mlle Tomme.

MADAME DE MONCLAIR

Ah ! cette pauvre Tomme ! Était-elle vexée ! C'est sa faute aussi ; pourquoi n'apprend-elle rien à Giselle ? Ha, ha, ha ! Une fille de dix ans qui répond tout ce qu'elle a répondu. Mais sois tranquille, je n'en parlerai pas ; elle perdrait ses moyens d'existence. La méthode doit être fameuse ! Ah bien ! ce n'est pas moi qui recommanderai la pauvre Tomme !

M. TOCAMBEL

Attendez, baronne, attendez. Laissez-moi entrer là-dedans pour éclaircir ce mystère. Cette pauvre Tomme, comme vous l'appelez, est une personne fort instruite ; je le sais, j'en suis certain. Il y a quelque chose là-dessous. »

M. Tocambel entra dans la chambre de Léontine, où travaillait Giselle, et en ferma la porte. Mme de Monclair se mit à la porte et y colla son oreille, riant encore et espérant entendre quelque chose d'amusant. Léontine resta dans son fauteuil, pensive et triste ; elle craignait de trop bien deviner la cause de la gaieté de sa tante et de la prétendue ignorance de Giselle. La peur de voir ses craintes vérifiées l'attristait profondément.

« Mon Dieu ! se disait-elle, Giselle serait-elle réellement méchante ? Ou bien n'est-ce qu'un enfantillage, une plaisanterie dont elle n'a pas prévu les conséquences pour Mlle Tomme. »

Mme de Monclair ne riait plus ; elle écoutait encore ; enfin elle quitta son poste et revint s'asseoir près de sa nièce ; sa gaieté avait disparu.

« Léontine, dit-elle très sérieusement, prépare-toi à gronder Giselle ; elle a répondu tout de travers pour jouer un tour à sa maîtresse, dont les leçons l'ennuient. La pauvre Tomme pleure ; Giselle rit ; le père Toc gronde. Tu es faible, toi ; mais pour le coup, il faut que tu grondes ; c'est méchant ce qu'a fait ta fille. Pas de grâce pour les méchancetés.

LÉONTINE, *agitée*

Giselle est si jeune, ma bonne tante ! elle n'a pas réfléchi que cette plaisanterie pouvait faire tort à sa maîtresse. Vous savez que les enfants aiment à rire et à faire rire. Elle aura voulu vous amuser.

MADAME DE MONCLAIR

Léontine, prends garde ! Ne te laisse pas aller à ta trop grande indulgence ! Gronde et punis quand il le faut. Les voici qui viennent. Je veux voir comment tu t'en tireras. »

M. Tocambel ouvrit la porte.

« Passez, mademoiselle Tomme. Parlez à Mme de Gerville.

MADEMOISELLE TOMME

Madame, permettez-moi d'expliquer devant madame votre tante ce qui s'est passé.

MADAME DE MONCLAIR

Ce n'est pas nécessaire, ma pauvre demoiselle ; je comprends à présent, et ma nièce comprend aussi. Giselle vous a fait une malice que j'appelle une méchanceté, et vous avez peur que je ne dise partout que vous êtes une ignorante. C'est cela, n'est-il pas vrai ?

MADEMOISELLE TOMME

Je crois que oui, madame ; seulement je me permettrai d'ajouter que je demande de cesser mes leçons à Mlle Giselle ; je les crois inutiles pour elle et fâcheuses pour moi.

MADAME DE MONCLAIR

Vous avez raison, ma chère demoiselle ; Giselle n'apprendra jamais rien, et vous ne gagnerez jamais rien avec cette petite. Parle donc, Léontine. Tiens, regarde dans la glace la figure que tu fais. Pâle et triste comme une condamnée à mort ! Voyons, courage ! Approche, Giselle.

LÉONTINE

Mademoiselle, pardonnez, je vous prie, une espièglerie que Giselle ne recommencera pas, je vous assure. Giselle, viens faire des excuses à Mlle Tomme qui est toujours si bonne pour toi, et promets-lui d'être à l'avenir bien sage et bien appliquée à tes leçons. »

Giselle s'approcha.

GISELLE, *avec une feinte humilité*

Mademoiselle, je vous promets d'être à l'avenir bien sage et bien appliquée à mes leçons.

MADEMOISELLE TOMME

C'est possible, mademoiselle Giselle, mais ce ne seront pas les miennes, car je répète que je ne vous les continuerai pas.

MADAME DE MONCLAIR

Vous avez bien raison, ma pauvre Tomme ; à votre place, j'en ferais autant. Allez, allez, ma pauvre enfant ! je vous aurai d'autres élèves, soyez tranquille. »

Mlle Tomme remercia, salua et sortit.

Léontine sentit qu'elle avait eu tort de diminuer la faute de sa fille devant elle.

« Giselle, dit-elle sévèrement, devant Mlle Tomme, j'ai cherché à t'excuser, mais devant ma tante et notre ami, je te dis que je suis très mécontente de toi ; je vois parfaitement que tu as mis de la malice dans les réponses que tu as faites devant ta tante, car je venais de te dire que ton ignorance ferait tort à Mlle Tomme. Tu mérites une punition sévère et tu l'auras. Nous devions tous dîner chez ton oncle Pierre pour la fête de ta tante : tu resteras à la maison, seule avec ta bonne. Va dans ta chambre ; tu m'as fait beaucoup de peine, j'espère que tu y réfléchiras quand tu seras seule, et que tu le regretteras. »

Giselle n'osa pas résister devant sa tante et devant M. Tocambel ; elle comprit que la soumission était le seul moyen de diminuer sa faute à leurs yeux, et elle obéit à sa mère sans hésiter.

Léontine se jeta dans son fauteuil et pleura.

MADAME DE MONCLAIR, *l'embrassant*

Allons, allons, ma fille, ne t'afflige pas ; c'est bien, c'est très bien. Tu avais mal commencé, tu as bien fini. Elle a bien parlé, n'est-ce pas, mon ami ? ajouta-t-elle en s'adressant à M. Tocambel. Dites-le-lui donc ; vous êtes là comme une statue. Encouragez-la ; faites comme moi.

M. TOCAMBEL

Ma bonne amie, si je ne parle pas, c'est que vous

avez tout dit et très bien dit. Le chagrin de Léontine me fait peine à voir. Mais, ma pauvre enfant, consolez-vous ; vous avez bien agi dans l'intérêt de votre enfant. En continuant ainsi, vous la corrigerez de ses défauts, et vous serez heureuse de la voir devenir aussi bonne qu'elle est jolie.

LÉONTINE

Merci, mon ami, vos dernières paroles me vont au cœur.

MADAME DE MONCLAIR

Allons, ma petite, je m'en vais pour le coup. À revoir chez Pierre à dîner. Ne nous apporte pas une figure d'enterrement. Père Toc, consolez-la. Entendez-vous bien ? si vous nous l'amenez triste et les yeux bouffis, je m'en prendrai à vous et à votre gazon. Et toi, Léontine, sois sage, ma petite ; et pense que ta fille sera un amour si tu le veux. Adieu. »

Mme de Monclair disparut ; M. Tocambel resta, causa avec Léontine et fit si bien qu'il la laissa faire sa toilette entièrement consolée.

« Je vous attendrai chez Victor, lui dit-il ; je le mettrai au courant et je l'empêcherai de défaire votre ouvrage. »

Quand Léontine eut achevé sa toilette, elle voulut aller voir Giselle ; mais elle ne la trouva pas dans sa chambre.

LA BONNE

Mademoiselle est chez monsieur, qui est venu la chercher il y a un quart d'heure, madame.

LÉONTINE

A-t-elle beaucoup pleuré, la pauvre enfant ?

LA BONNE

Pas du tout, madame ; elle m'a demandé de faire un savonnage pour sa poupée ; elle paraissait fort gaie. Est-ce que madame l'a grondée ?

LÉONTINE

Je l'ai grondée et punie ; elle dînera ici, au lieu d'aller dîner avec moi chez mon frère.

LA BONNE

C'est donc pour cela qu'elle me disait de commander son dîner au cuisinier parce qu'elle s'ennuyait chez son oncle, qu'elle préférait dîner ici et jouer avec sa poupée ; elle m'a demandé de faire à la poupée une casaque d'été ; je vais la finir tout à l'heure.

LÉONTINE

Je vous remercie pour elle, Émilie ; vous êtes toujours très complaisante pour ma pauvre Giselle. Et à propos de casaque d'été, voici vingt francs pour en acheter une pour vous-même.

LA BONNE

Je remercie bien madame de toutes ses bontés. Madame peut compter que je ferai toujours pour Mlle Giselle tout ce que je pourrai pour la contenter. »

Léontine alla chercher Giselle chez son mari ; elle la trouva sur les genoux de son père. M. Tocambel feuilletait un livre.

« Je vous attends, ma chère enfant, pour vous mener chez Pierre, dit-il en se levant.

LÉONTINE

Et vous, Victor, est-ce que vous ne venez pas ? Vous n'êtes pas encore habillé !

M. DE GERVILLE, *avec embarras*

Non, je reste à la maison ; j'ai mal à la tête, je suis fatigué. Excusez-moi auprès de Noémi et de Pierre.

LÉONTINE

Mais, Victor, ce ne sera pas aimable pour Pierre, qui nous réunit tous pour la fête de Noémi.

M. DE GERVILLE, *avec humeur*

Pas tous, puisque Giselle n'y va pas.

LÉONTINE

M. Tocambel a dû vous dire que Giselle avait mérité d'être punie...

MONSIEUR DE GERVILLE

Oui, oui, il me l'a dit ; mais comme je ne veux pas que Giselle soit à l'abandon avec les domestiques, je reste avec elle.

LÉONTINE

Victor, je vous assure que Giselle...

MONSIEUR DE GERVILLE

C'est bien ; je sais ce que vous allez dire. Mais je considère comme un devoir de ne pas négliger à ce point son enfant, et je veux rester à la maison afin de veiller sur elle.

GISELLE

Merci, mon bon cher papa ; avec vous je suis toujours sage et heureuse, et avec les autres, je ne sais pas pourquoi, je m'ennuie et je fais des bêtises ; et on croit que ce sont des méchancetés, comme tantôt avec Mlle Tomme, que j'aime beaucoup, pourtant.

M. TOCAMBEL, *d'un air moqueur*

Vous aimez beaucoup de monde, ma belle enfant ; vous m'aimez beaucoup, vous aimez votre oncle Pierre, vos trois tantes, votre grand-tante de Monclair, et pourtant il n'y paraît pas. »

Giselle rougit, hésita un instant, embrassa son père et dit :

« Je ne peux pas aimer tout le monde autant que j'aime papa, qui est si bon pour moi ; alors vous êtes tous jaloux de lui. N'est-il pas vrai, papa, ils sont jaloux ?

M. DE GERVILLE, *riant et embrassant Giselle*

Cela se pourrait bien, mon cher amour, et ils peuvent bien aussi être jaloux de toi, car je t'aime plus que tout au monde.

GISELLE

Même plus que maman ? »

M. de Gerville hésita ; mais, cédant aux caresses de sa fille et à ses instances, il répondit :

« Eh bien, oui, même plus que maman... »

Giselle sourit d'un air triomphant à sa mère, qui ne répondit que par un regard douloureux qu'elle jeta sur son mari et sur Giselle.

LÉONTINE

Adieu, Victor ; adieu, pauvre et chère enfant. Venez, mon ami, je suis prête, ajouta-t-elle en prenant le bras de M. Tocambel.

Chapitre 9

Giselle est punie... et pardonnée

Le dîner fut triste pour Léontine ; son frère et ses sœurs, auxquels elle avait tout raconté, la regardaient avec une tendre pitié. Mme de Monclair taquina le vieux Tocambel, qui ripostait avec esprit et gaieté. Ils finirent par distraire Léontine et par égayer tous les convives ; les trois jeunes cousins, amis de Blanche et de Laurence, Louis, Jacques et Paul, y aidèrent de leur mieux, après le dîner, ils demandèrent à Mme de Monclair de se mettre au piano ; Georges et Isabelle ne furent pas négligés : chacun s'empressa de les faire danser. La gaieté devint générale et gagna Léontine elle-même ; au bout de quelque temps, Mme de Monclair demanda à Léontine de la remplacer au piano.

« Mes vieux doigts sont fatigués, dit-elle ; ils ne peuvent plus aller assez vite, et mes vieilles jambes demandent à se dégourdir. Je veux danser aussi, moi. Allons, père Toc, venez m'engager pour une contredanse ; faisons voir à cette jeunesse comment on dansait de notre temps. Mettez-vous tous en place ; en avant deux ; ce sont les vieux qui commencent. »

Mme de Monclair et M. Tocambel commencèrent un avant-deux, élégant et classique ; la contredanse s'exécuta au milieu des rires et des bravos ; les pas de zéphyr, les pas de basque, les pirouettes, les entrechats, les pas mouchetés, rien n'y manqua. Chacun fit de son mieux ; mais aucun ne put égaler la grâce, la légèreté, la souplesse du vieux couple.

« Ah ! je n'en puis plus, criait Mme de Monclair en exécutant le dernier chassé-croisé : je suis rendue. Pierre, viens m'aider à regagner un fauteuil, une chaise, n'importe quoi. Les vieux danseurs n'ont plus de force. »

À peine Mme de Monclair, soutenue par Pierre, fut-elle installée dans un bon fauteuil, que la porte s'ouvrit et qu'à la surprise générale Victor entra tenant Giselle par la main. Léontine poussa une exclamation de mécontentement et quitta le piano.

MADAME DE MONCLAIR

Eh bien quoi ? Qu'est-ce que c'est ? Un danseur et une danseuse de plus ! Léontine, tais-toi, ne bouge pas. Je vais tout arranger. Pierre, prends Giselle ; Victor, venez près de moi. Les trois cousins, prenez chacun une cousine. Père Toc, faites danser les petits et battez la mesure. En place les danseurs. Chassé-croisé ! »

Et avant que Giselle et Victor eussent compris ce qu'on allait faire, ils commencèrent une contredanse semblable à la dernière. Léontine, un peu troublée, se trompa, manqua la mesure, mais personne n'y fit attention, tant on était animé à sauter, à tourner, à pirouetter. Giselle, troublée, en entrant, du tumulte et de l'exclamation de sa mère, fut entraînée par la gaieté des danseurs. Victor lui-même perdit sa gravité, et la contredanse n'était pas finie que personne ne songeait ni à l'entrée imprévue de Giselle, ni à ses méfaits précédents. Léontine elle-même, enchantée de voir Giselle rire et danser, donnait à sa musique une vivacité, un éclat qui augmentait l'entrain général. À une contredanse en succéda une autre, puis une autre, puis un galop monstre, après lequel tous, d'un commun accord, demandèrent grâce.

Pendant qu'on prenait des rafraîchissements et des gâteaux, Léontine s'approcha de Mme de Monclair qui était restée dans son fauteuil.

« Bonne chère tante, lui dit-elle les yeux pleins de larmes, comme vous avez tout arrangé et tout fait pardonner ! Avec quelle bonté, avec quel esprit charmant ! Je suis bien, bien reconnaissante, ma chère tante. »

Léontine lui baisa la main ; sa tante l'embrassa.

« Il reste quelque chose à faire, dit-elle. Tu vas voir. Avez-vous bientôt fini de vous rafraîchir, vous autres jeunes ? Bon ; approchez tous, rangez-vous en ligne devant moi. Bien. À présent, que personne ne bouge et ne parle, et que tous m'écoutent.

« L'homme est mauvais par nature. La femme aussi, bien entendu. Mais hommes et femmes sont bons... quand ils le veulent. Voulez-vous être bons, tous, tant que vous êtes ?

— Oui, oui, s'écrièrent-ils tous.

— Alors, pardonnez-vous les uns les autres, afin que le bon Dieu vous pardonne. Que chacun de vous se réconcilie de bon cœur et ne pense plus au passé. Aimez-vous les uns les autres, et jetez-vous dans les bras les uns des autres. Une, deux, trois. »

Au trois, Mme de Monclair se jeta dans les bras de M. Tocambel, Léontine dans ceux de Victor, Pierre dans ceux de Giselle, et ainsi de suite, jusqu'à ce que tous se fussent embrassés. On riait, on se poussait, on se culbutait ; les deux petits passaient de bras en bras ; le fort de la mêlée dura plus d'un quart d'heure. Quand l'ordre fut rétabli, Giselle était encore fortement serrée dans les bras de sa mère : toutes les deux pleuraient.

« Je ne veux plus qu'on pleure ! s'écria Mme de

Monclair ; une pénitence pour les pleureurs ; on va jouer à colin-maillard : Léontine et Giselle le seront. Vite, des mouchoirs, et à genoux pour qu'on vous bande les yeux. »

Léontine obéit après un dernier baiser déposé sur une dernière larme qui coulait sur la joue de Giselle ; on leur banda les yeux, et le jeu commença. Noémi emmena Georges et Isabelle, qui ne pouvaient plus se tenir sur leurs petites jambes ; elle les remit à leur bonne. À peine furent-ils couchés qu'ils s'endormirent profondément, pour ne s'éveiller que le lendemain à dix heures. Ils avaient dormi treize heures. La soirée continua gaie et bruyante.

Giselle revenait souvent près de sa mère pour l'embrasser, pour lui dire un mot de tendresse, vraie, cette fois. Léontine éprouvait un bonheur qui se reflétait sur son visage, ordinairement triste et doux ; la tristesse avait disparu : la douceur seule y restait et embellissait sa physionomie.

« Comme Léontine est jolie ce soir ! dit M. Tocambel à sa vieille amie.

MADAME DE MONCLAIR

Parce que le bonheur maternel est sans mélange d'inquiétude. Et voyez aussi Giselle ; elle est charmante, jolie et charmante !

M. TOCAMBEL

C'est vous, fée bienfaisante, qui avez amené ce changement.

MADAME DE MONCLAIR

Pourvu que le mauvais génie ne vienne pas nous gâter tout cela !

M. TOCAMBEL

Cela se pourrait bien. Il est terrible de faiblesse ; il arrête tous les bons mouvements de Léontine. Quelle idée habile et charmante vous avez eue ! Tout en riant vous leur avez fait le plus beau sermon qu'ils pourront jamais entendre prêcher dans le cours de leur vie.

MADAME DE MONCLAIR, *riant*

Taisez-vous, flatteur ! Gare au gazon !

M. TOCAMBEL

C'est bon, c'est bon, baronne ! J'en ai de rechange. »

La soirée se prolongea assez tard ; à dix heures on servit le thé, des glaces, des gâteaux et du chocolat. L'exercice avait réveillé l'appétit ; on fit honneur à la collation. À onze heures on se sépara.

« Ma tante, nous allons vous ramener chez vous, dit Léontine.

MADAME DE MONCLAIR

Du tout, du tout, mon enfant ; il fait si beau ! Je m'en vais à pied avec mon ami Tocambel. Vous allez me donner le bras, j'espère bien ?

M. TOCAMBEL

Je n'en sais rien ; vous êtes si folle que vous me ferez passer pour un fou, et, dans la rue, vous sentez que ce n'est pas agréable.

MADAME DE MONCLAIR

Voyez-vous ce délicat ! Allons, vite, donnez-moi votre bras, et partons.

M. TOCAMBEL

Je n'en puis plus ; mes jambes ne peuvent plus me porter.

MADAME DE MONCLAIR

Eh bien, je vous porterai ; vous serez mon bébé. Fameuse chevelure pour un bébé !

M. TOCAMBEL

Mais, baronne, je vous dis que je ne peux plus me tenir.

MADAME DE MONCLAIR

Laissez donc ! Vous n'avez que soixante-quatre ans ! Moi qui en ai quarante-six ! ce n'est qu'une différence de chiffres posés : vous voyez bien. »

Tout en résistant, M. Tocambel fut saisi par le bras et emmené moitié riant, moitié grommelant, par sa terrible, mais excellente amie et ennemie tout à la fois ; elle se plaisait à le tourmenter, et lui se plaisait à être tourmenté par cette aimable et encore charmante amie ; malgré ses quarante-six ans, elle avait conservé une gaieté, un éclat, une légèreté, une santé de vingt ans. Bonne avec tout le monde, amie fidèle et dévouée, elle avait des amis innombrables qu'elle taquinait sans les fâcher, dont elle riait sans les blesser. Riche et d'une position élevée, elle se mettait au service de tous ceux de son intimité qui avaient besoin de sa protection ou de sa bourse ; aussi étaitelle reçue partout à bras et à cœur ouverts. M. Tocambel l'aimait et la vénérait ; jamais il ne passait une journée sans y aller au moins une fois, et plus souvent deux ou trois.

Ils arrivèrent à bon port, après s'être querellés tout le long du chemin ; M. Tocambel reçut même un ou deux pinçons au bras. Le dernier mot de Mme de Monclair fut :

« Je vous enverrai demain un faucheur pour tondre votre gazon, qui est trop long.

— Et moi, je vous enverrai mon tailleur pour vous coudre la langue », répliqua M. Tocambel en baisant la main que lui tendait son ennemie.

Chapitre 10

Rechute de Giselle

« Je viens savoir de tes nouvelles, Léontine, dit Pierre en entrant le lendemain, dans l'après-midi, chez sa sœur.

LÉONTINE, *l'embrassant*

Elles sont excellentes, mon ami. Giselle est charmante ; elle obéit au premier mot, elle a un air doux et heureux que je ne lui ai pas vu depuis longtemps. Victor est enchanté ; il s'attendait à être grondé hier soir en rentrant ; mais, au premier mot d'explication, je lui ai fermé la bouche en l'embrassant. « Merci, ma bonne Léontine, m'a-t-il dit ; j'ai fait une sottise ; tu ne me la reproches pas, et certainement je ne recommencerai plus. » Je suis heureuse aujourd'hui. Dieu veuille que Giselle ne trouble pas ce calme dont je jouis si rarement !

PIERRE

Le bon Dieu t'exaucera, chère Léontine, si tu mets en pratique l'excellent proverbe : *Aide-toi, le ciel t'aidera.*

LÉONTINE

Et toi aussi, tu m'aideras, mon bon Pierre ; je suis si faible ! J'ai besoin d'être soutenue pour lutter contre Giselle et contre Victor.

PIERRE

Et contre toi-même, pauvre sœur. Je viens te dire que, d'après le succès de notre soirée d'hier, nous avons décidé, Noémi et moi, que notre fête dans le jardin aurait lieu dans huit jours ; le temps est au beau, Giselle aussi ; profitons-en pour la raffermir dans ses bonnes résolutions. Noémi te demande de venir l'aider dans ses arrangements de fleurs, de meubles ; pour ses commandes de gâteaux, de glaces, etc., pour son dîner de cinquante couverts, et enfin pour les préparatifs de la fête. Elle compte sur ton bon goût et sur tes idées toujours heureuses dans ce genre d'arrangements.

LÉONTINE

Veux-tu que j'y aille de suite avec toi ?

PIERRE

Certainement ; je t'enlève jusqu'au dîner.

LÉONTINE

Très bien ; Giselle a fini ses leçons, elle est sortie avec sa bonne ; son père l'attend aux Champs-Élysées pour la mener au Jardin d'acclimatation : ils en ont jusqu'au dîner. »

La porte s'ouvrit ; la bonne entra.

LÉONTINE

Comment, Émilie, vous n'êtes pas sortie avec Giselle ? Je vous croyais partie depuis trois quarts d'heure.

LA BONNE

Je viens chercher madame pour décider Mlle Giselle

à s'habiller. Nous sommes en querelle depuis qu'elle a quitté madame.

LÉONTINE

En querelle ! À propos de quoi ?

LA BONNE

Parce que Mademoiselle veut mettre sa belle robe de soie bleue et son chapeau de paille de riz garni de fleurs roses. J'ai beau lui dire que c'est trop élégant pour une simple promenade au Jardin d'acclimatation, que sa belle toilette serait fanée et salie peut-être. Elle ne veut pas m'écouter, elle se fâche, elle pleure ; et je viens chercher madame, car je ne puis en venir à bout. »

Léontine était consternée.

LÉONTINE

Pierre, que dois-je faire ? Mon Dieu, mon Dieu ! comme mon bonheur a peu duré !

PIERRE

Ne te décourage pas, ma pauvre Léontine. Crois-tu que Giselle puisse être corrigée en une journée de ses vieilles habitudes de révolte et d'entêtement ? il faut du temps et de la fermeté. Ne cède pas ; elle cédera. Va la voir ; parle doucement, mais sérieusement ; qu'elle voie que ta volonté est plus forte que la sienne.

LÉONTINE

Pierre, viens avec moi, je t'en prie ; ta présence me donnera du courage.

PIERRE

Très volontiers, chère amie. Use de moi tant que tu voudras. »

Léontine, suivie de Pierre, entra chez Giselle ; elle était assise sur le plancher, en jupon, sans brodequins, nu-bras, les cheveux emmêlés, les yeux étincelants, les joues rouges, portant sur son visage l'expression d'une colère prête à faire explosion.

Léontine et Pierre se placèrent devant elle.

« Mon oncle ! s'écria Giselle ; toujours mon oncle !

LÉONTINE

Oui, Giselle, ton oncle, qui vient t'annoncer une fête qu'il veut nous donner jeudi prochain ; une fête très amusante, avec une loterie, un Guignol, un bal, etc. Mais je crains que tu ne puisses pas y aller.

— Pourquoi cela, maman ? » dit Giselle d'un air un peu effrayé. Sa colère était passée.

LÉONTINE

Parce que tu recommences tes méchancetés ; parce que tu ne veux pas obéir à ta bonne ; parce que, par ton entêtement à mettre une toilette qui te donnerait l'air d'une folle, tu fais attendre ton pauvre papa...

GISELLE

Oh ! papa ! il peut bien attendre ! Il s'amuse à voir passer les voitures.

LÉONTINE

Ce n'est pas poli, ce que tu dis là, pour papa. Je viens te faire savoir que tu mettras la robe et le chapeau que tu mets tous les jours, ou bien que tu ne verras pas la fête de ton oncle ; choisis... Et dépêche-toi, pour partir bien vite. »

Giselle ne dit rien ; seulement elle se leva et alla prendre la robe préparée par la bonne. Léontine resta quelques minutes pour la voir peignée, chaussée et habillée ; quand Giselle fut prête, Léontine voulut l'embrasser, mais Giselle détourna la tête et sortit sans regarder personne.

Léontine restait immobile, pensive et triste. Pierre la laissa réfléchir ; mais quand il vit une larme perler dans ses yeux, il lui prit les mains, l'embrassa et lui dit :

« Tu as très bien mené l'affaire, ma bonne Léontine, très habilement ; tu as présenté la fête comme appât pour faire passer la colère et pour te faire obéir ; tu as parlé avec fermeté ; aussi as-tu réussi mieux et plus vite que je n'osais l'espérer.

LÉONTINE

Tu trouves, Pierre ? Tu n'as donc pas vu comme elle m'a repoussée quand j'ai voulu l'embrasser ?

PIERRE

Je l'ai très bien vu et je m'y attendais. Il était difficile qu'il en fût autrement. Elle se voyait obligée de céder sur tous les points ; elle n'a pas même essayé de te résister ; évidemment elle a dû souffrir dans son orgueil et dans sa nature violente. Mais ce n'est rien du tout, cela. Ne t'en inquiète pas. Et quand je te dis que tu as remporté une victoire complète, tu peux me croire ; tu dois espérer, au contraire, que l'avenir ne sera pas sombre, comme nous le redoutions hier encore.

LÉONTINE

Tu trouves toujours moyen de me consoler, mon bon Pierre.

PIERRE

Parce que je te connais si bien ! Je devine si bien tes côtés faibles, tes impressions, tes découragements. La grande amitié que j'ai pour toi me rend clairvoyant.

LÉONTINE

Et moi, mes affections me rendent aveugle ; voilà la différence.

PIERRE

Tu commences à y voir clair ; et moi je commence à craindre que nous n'arrivions trop tard chez Noémi.

LÉONTINE

Tu as raison ; je cours chercher mon chapeau, mes gants, et je suis à toi. »

Léontine, qui avait repris son calme, revint après quelques instants, prête à partir. La visite à Noémi fut très utile. Laurence et Blanche furent appelées pour prendre part au conseil. Tout fut convenu, et Pierre fut chargé de courir les magasins avec Blanche pour les objets à mettre en loterie ; chaque enfant devait gagner deux lots, et on arrangea la distribution des billets de loterie de manière à ce que chacun eût ses deux lots.

Quand Léontine rentra, elle trouva Giselle dans le salon de fort mauvaise humeur. Elle n'avait pas trouvé son père aux Champs-Élysées, elle n'avait rencontré aucune de ses amies, et elle avait été tout le temps en querelle avec sa bonne.

LÉONTINE

Eh bien, Giselle, as-tu trouvé ton père ?

GISELLE

Certainement non ; ma bonne m'avait fait perdre une heure en refusant de m'habiller.

LÉONTINE

C'est-à-dire que c'est toi qui refusais de t'habiller.

GISELLE

Ce n'est pas vrai.

LÉONTINE

Giselle, ce n'est pas poli de me répondre comme tu le fais. Tu étais si gentille ce matin, ma petite chérie ! Et j'étais si contente ! je t'en prie, chère enfant, ne recommence pas les scènes de ces jours-ci. Ne pense plus à ton caprice de robe bleue, et reprends ta gentille petite figure de ce matin. »

Giselle ne répondit pas ; elle boudait.

M. de Gerville entra, Giselle courut à lui.

M. DE GERVILLE

Te voilà, mon cher amour ! Pourquoi n'es-tu pas venue aux Champs-Élysées ! Je t'y ai attendue plus d'une heure.

GISELLE

Parce qu'on n'a pas voulu m'y mener à temps pour vous trouver.

M. DE GERVILLE, *vivement*

On n'a pas voulu ! »

M. de Gerville jette sur Léontine un regard mécontent.

« Est-ce vous, Léontine, qui avez empêché cette pauvre petite de sortir ?

LÉONTINE

Non, c'est elle-même qui s'est entêtée à ne pas vouloir s'habiller.

M. DE GERVILLE

Mais puisqu'elle dit qu'on n'a pas voulu la mener ?

LÉONTINE

La bonne voulait l'habiller convenablement ; Giselle voulait se mettre ridiculement ; quand on est venu me chercher, elle avait perdu une heure à disputer avec sa bonne.

M. DE GERVILLE, *avec humeur*

Cette Émilie est insupportable. Vous lui laissez trop d'autorité, Léontine.

LÉONTINE

Mais, mon ami, elle n'en a pas assez, au contraire. C'est Giselle qui est insupportable avec sa bonne et qui ne lui obéit en rien.

M. DE GERVILLE

Vous êtes aimable pour votre enfant !

GISELLE

Maman ne m'aime plus du tout ; elle écoute mon oncle Pierre, qui est venu avec maman pour me forcer à mettre une vieille horrible robe. Je suis bien malheureuse, papa, quand vous n'y êtes pas.

M. DE GERVILLE, *la saisissant dans ses bras*

Ma pauvre chère enfant ! je ne te quitterai plus, je te suivrai partout. On n'osera pas te rendre malheureuse devant moi, j'espère. Mais dites-moi, Léontine, pourquoi votre frère se mêle-t-il de l'éducation de Giselle ? Est-ce que je m'occupe de ses enfants ? Je les trouve pourtant insupportables ; mais je ne me permets pas de les gronder, de les chasser, encore moins de les battre et de les garrotter.

LÉONTINE, *tristement*

Pierre ne s'en mêle que lorsque je le lui demande, mon ami ; et il fait du bien à Giselle en soutenant mon courage contre ses caprices.

M. DE GERVILLE

Je ne veux plus de cela, moi. Parce qu'il est dur comme un Arabe pour ses enfants, il est choqué de voir Giselle traitée avec humanité par vous, et il veut la mettre au régime du fouet, des pénitences et des gronderies. Dites-lui, Léontine, ce soir même, que je le prie de ne pas s'occuper de ma fille.

LÉONTINE

Dites-le vous-même, Victor. Je ne me charge pas de votre commission. Et toi, Giselle, souviens-toi que pour aller à la fête que ton oncle veut bien te donner, il faut que tu sois sage ; ainsi je t'engage à devenir douce, polie et obéissante.

GISELLE

Papa m'y mènera, si vous ne voulez pas me mener. N'est-ce pas, mon cher petit papa, que vous ne laisserez pas votre petite Giselle pleurer à la maison pendant que maman dansera et s'amusera comme elle a fait hier ?

M. DE GERVILLE

Non, mon cher amour, non ; je te mènerai partout où on s'amuse, et je te ferai danser tant que tu voudras. »

Léontine avait pris le parti de ne plus répondre aux impertinences de Giselle et aux injustes accusations de son mari. Pauvre Giselle, pensait-elle ; comme sa sagesse a peu duré ! Quel dommage ! Elle était si doucc et si gentille jadis !

Chapitre 11

Habileté de Madame de Monclair

Léontine quitta le salon, laissant Victor gâter sa fille à son aise.

« Que puis-je y faire ? mes reproches encouragent la résistance de Giselle ; elle devient très impertinente avec moi ; ... c'est la punition de ma faiblesse. Le pauvre Victor l'éprouvera à son tour.

— Léontine, dit Mme de Monclair en entrant avec M. Tocambel, je te propose une excellente gouvernante ou maîtresse pour ta fille. Mlle Tomme était trop jeune, elle avait peur de Giselle ; celle que je t'ai trouvée ne se laissera pas manquer, et si tu veux la soutenir, tu verras ta fille prendre les habitudes de soumission qu'elle n'a pas, mais qu'il faut lui donner.

LÉONTINE

Vous êtes bien bonne de vous occuper de moi et de Giselle, chère tante.

MADAME DE MONCLAIR

Quel air triste, ma chère enfant ! Qu'est-il arrivé depuis hier ?

LÉONTINE

Une nouvelle révolte de Giselle et une nouvelle

faiblesse de Victor. Je ne sais plus comment faire, comment dire ! Je me suis retirée dans ma chambre pour faire cesser les impertinences de ma pauvre fille ; chacune de ses paroles moqueuses et insolentes me va au cœur ; j'en éprouve un chagrin mortel.

M. TOCAMBEL

Pauvre Léontine ! Que de fois je vous ai avertie ! Que de remontrances je vous ai adressées ! Que d'impatiences elles vous ont causées ! À présent le mal est fait ; le cœur de Giselle s'est endurci ; je crains qu'il n'y ait plus de remède. »

Léontine pleura amèrement.

MADAME DE MONCLAIR, *avec vivacité*

À quoi sert tout ce que vous dites ? À rien qu'à la faire pleurer. Au lieu de chercher à consoler la mère et à corriger l'enfant, vous soupirez : *Il est trop tard ! Je l'avais bien dit !* Est-ce ainsi qu'un bon homme de votre âge guérit les peines du cœur ? Vous savez bien qu'il n'est jamais trop tard ! Est-ce que le bon larron de l'Évangile n'était pas plus vieux que Giselle ? Ne s'est-il pas converti ? N'a-t-il pas été en paradis avec Notre-Seigneur ? Pourquoi Giselle ne ferait-elle pas comme le bon larron ? Voyons, répondez, qu'avez-vous à dire ?

M. TOCAMBEL

Que je ne suis pas Notre-Seigneur ; que ni Léontine, ni vous, ni moi, nous n'avons, comme lui, la puissance de changer les cœurs. J'ai à dire aussi que vous êtes d'une impétuosité qui trouble, qui terrifie, et que je ne suis pas de force à lutter contre votre déluge de paroles.

La tête me tourne ; je ne sais plus où j'en suis.

MADAME DE MONCLAIR

C'est ça ! Quand vous avez fait une gaucherie, la tête vous tourne... contre moi. Restez là ; je vais vous ramener Giselle repentante. Et toi, Léontine, n'écoute pas ce qu'il dit et attends-moi. »

Mme de Monclair rentra au salon ; Victor était embarrassé de ce qu'il avait dit et fait ; il ne regardait plus sa fille et ne lui répondait pas. Giselle était inquiète de l'air mécontent de son père.

MADAME DE MONCLAIR

Victor, je ne sais pas ce qui vous est arrivé, mais, à votre air, je vois que vous vous sentez coupable ; allez embrasser votre femme, qui pleure et qui vous aime. Je garde Giselle ; allez. »

Victor, enchanté d'échapper à Giselle et inquiet des larmes de Léontine, entra précipitamment chez elle. Pendant qu'il s'expliquait avec sa femme toujours prête à lui pardonner, Mme de Monclair faisait asseoir Giselle à côté d'elle.

MADAME DE MONCLAIR

Causons un instant, ma chère petite. Dis-moi, es-tu heureuse ? »

Giselle, surprise, répondit pourtant franchement :

« Non, ma tante.

MADAME DE MONCLAIR

Pourquoi donc, mon enfant ?

GISELLE

Parce que maman me gronde, ma bonne me gronde ; maman me punit même depuis quelque temps.

MADAME DE MONCLAIR

Ah !... Tu es pourtant bien douce ?

GISELLE

Pas toujours, ma tante.

MADAME DE MONCLAIR

Bien bonne ?

GISELLE

Pas tout à fait, ma tante.

MADAME DE MONCLAIR

Bien obéissante ?

GISELLE

Pas quand je veux autre chose.

MADAME DE MONCLAIR

Voyons ! tu n'es ni douce, ni bonne, ni obéissante. Alors je ne m'étonne pas que ta maman et ta bonne te grondent quelquefois. Mais, du moins, tu es toujours polie avec maman et ta bonne ?

GISELLE

Oh ! non, ma tante ; pas quand elles m'ennuient.

MADAME DE MONCLAIR

Ah, ah ! Après avoir été ni douce, ni bonne, ni obéissante, tu n'es même pas polie. Alors je comprends que maman te punisse... Et cela doit bien t'ennuyer d'être grondée et punie ?

GISELLE

Je crois bien, ma tante. C'est assommant !

MADAME DE MONCLAIR

Tu as raison ! parfaitement raison ! Quand j'étais petite, cela m'ennuyait bien d'être grondée et surtout punie c'est qu'il n'y a pas à dire : il faut bien céder ; un enfant n'est jamais le plus fort.

GISELLE

N'est-ce pas, ma tante, que vous comprenez comme cela m'ennuie ?

MADAME DE MONCLAIR

Ah ! si je le comprends ! Je crois bien que je le comprends !... et que je te plains ! »

Giselle était enchantée ; elle ne se méfiait plus de sa tante.

MADAME DE MONCLAIR

Veux-tu que je t'enseigne un moyen d'être très heureuse, et de n'être jamais grondée ni punie ?

GISELLE

Oh oui ! ma tante, dites-le-moi !

MADAME DE MONCLAIR

C'est le moyen que j'avais employé quand j'avais dix ans, comme toi. Plus je grandissais, et plus j'étais grondée et punie.

GISELLE

C'est comme moi, maman devient de plus en plus sévère.

MADAME DE MONCLAIR

Tout juste comme moi ! Et tu peux voir par toi-même comme cela devait m'ennuyer. L'autre jour, comme c'était triste pour toi de ne pas dîner et t'amuser avec nous tous chez ton oncle !

GISELLE

Je crois bien ! J'étais furieuse !

MADAME DE MONCLAIR

Et comme ce serait terrible de ne pas aller à la fête de ton oncle !

GISELLE

Mais papa m'y mènera.

MADAME DE MONCLAIR

Tu ne sais donc pas ce qui pourrait t'arriver, si papa t'y menait malgré maman ? On te prendrait de force, on t'emporterait à la maison, et le lendemain, on te mettrait dans une pension très sévère loin de Paris.

GISELLE, *effrayée*

Ah ! mon Dieu !

MADAME DE MONCLAIR

Oui, ma pauvre fille, c'est comme cela. Pour empêcher tous ces malheurs, voici ce que tu as à faire. Quand maman ou ta bonne t'empêchent de faire une chose qui te plaît, ou veulent te faire faire ce qui te déplaît, dis en toi-même : « Il faut bien que j'obéisse puisque je suis un enfant. » Si cela ne suffit pas, dis au bon Dieu : « Mon Dieu, donnez-moi le courage d'obéir. » Tu verras que l'envie de résister s'en ira.

GISELLE

Mais, ma tante, quand je résiste, on me cède presque toujours.

MADAME DE MONCLAIR

Pas toujours, ma pauvre fille ; tu vois bien que maman n'a pas cédé ces jours derniers. Et plus tu grandiras, moins maman te cédera.

GISELLE

Mais papa oblige maman à me céder.

MADAME DE MONCLAIR

Pas toujours, pas toujours. Tu n'as pas dîné chez ton oncle l'autre jour ; tu n'as pas mis ta robe bleue ce matin... Heureusement pour toi, car tout le monde se serait moqué de ta belle toilette pour les singes et les autruches. Et c'est précisément quand papa te soutient contre maman que tu es la plus malheureuse ; car tu n'es pas bête, tu n'es pas méchante au fond, et ton pauvre cœur n'est pas tranquille. Quand tu te sentiras devenir méchante après avoir résisté, pense combien c'est affreux de ressembler au diable au lieu de ressembler au bon et doux Jésus, à la Sainte Vierge, à ton bon ange, et dis-toi : « Je ne veux pas être laide comme le diable, je veux être belle comme la Sainte Vierge. »

GISELLE

Mais je ne suis pas laide quand je suis méchante ; je suis toujours jolie ; papa me l'a dit, et maman me le disait aussi il y a quelque temps.

MADAME DE MONCLAIR

Écoute, Giselle ; je te trouve jolie, moi ; eh bien, je

t'assure que lorsque tu es méchante, tu es laide et désagréable à regarder. Nous le disions tous l'autre jour chez ton oncle : quand tu t'es repentie, tu es redevenue jolie à ne pas te reconnaître. Tu aimes mieux être jolie que laide, n'est-ce pas ?

GISELLE

Certainement, ma tante.

MADAME DE MONCLAIR

Eh bien, sois bonne, sois douce, et tu seras jolie. Mais n'oublie pas d'appeler à ton aide le bon Dieu, la Sainte Vierge et ton bon ange.

GISELLE

Oui, oui ! ma tante, j'y penserai.

MADAME DE MONCLAIR

Enfin, quand tu auras envie d'être impolie avec maman, pense que tout le monde te blâmera, te méprisera, et même te détestera, car rien n'est aussi révoltant que l'impertinence d'un enfant avec sa mère ou son père.

GISELLE

Oh ! papa ! Ça lui est égal, il n'en fait pas moins toutes mes volontés.

MADAME DE MONCLAIR

Ça ne lui est pas égal du tout, quoiqu'il ne te le dise pas, ma pauvre fille. Je te dis là beaucoup de petits secrets que je ne devrais pas te dire peut-être. Ainsi, tout à l'heure, il était fâché contre toi ; tu as vu que je l'ai deviné tout de suite en entrant au salon. Il ne t'a seulement pas regardée quand il est parti si vite pour consoler maman qui pleurait, qui se désolait pour toi.

GISELLE

C'est ennuyeux tout de même de toujours obéir, toujours se contenir.

MADAME DE MONCLAIR

Ennuyeux ! C'est charmant au contraire. Essaie et tu verras. On a le cœur content, on est gai ; on s'amuse de la surprise et de l'air joyeux de tout le monde ; on voit que chacun cherche à vous faire plaisir. Je t'assure qu'on est très heureux ; je le sais bien, moi qui ai fait tout ce que tu as fait et tout ce que je te dis. Et puis, ce qui est très agréable, c'est qu'on s'habitue si bien à être bonne, douce, polie, obéissante, qu'on n'a plus de peine du tout à l'être. Tu verras, tu verras, essaie seulement.

GISELLE

Que dois-je faire alors, ma tante, à présent qu'ils sont tous en colère après moi ? »

Mme de Monclair se leva, l'embrassa et lui dit affectueusement :

« Tu dois, en premier lieu, ma bonne petite, en parler poliment, ne jamais dire *il, elle,* en parlant de maman et de papa.

GISELLE

Et comment dire ?

MADAME DE MONCLAIR

Papa, maman. Ensuite tu vas aller embrasser maman, tu lui diras que tu veux être une bonne petite fille, douce, obéissante et polie ; tu sais comme ta pauvre maman t'aime ; elle ne te laissera pas seulement achever ta phrase, tant elle t'embrassera. Puis tu prieras papa de ne pas te soutenir quand tu es mauvaise, et de laisser maman s'arranger avec toi. Il va être joliment surpris ! Allons vite. Voilà que ta figure s'embellit déjà. N'oublions pas de demander au bon Dieu qu'il nous aide. »

Giselle, enchantée de sa tante et de ses bons conseils, et de pouvoir être jolie à volonté, commença par l'embrasser en lui disant : « Ma chère tante, que je vous aime !

MADAME DE MONCLAIR, *l'embrassant aussi*

Chère petite, je t'aime bien aussi, et tout le monde t'aimera, et le bon Dieu t'aimera... Mon bon Jésus, venez-nous en aide, ajouta-t-elle ; ma bonne Sainte Vierge, aidez-nous. »

Elle profita du bon mouvement de Giselle et entra avec elle chez Léontine tristement assise entre son mari et M. Tocambel.

MADAME DE MONCLAIR

Léontine, je t'amène une charmante fille, qui te rendra très heureuse. »

Giselle se jeta dans les bras de sa mère et commença la phrase que lui avait conseillée madame sa tante ; mais, comme l'avait prévu Mme de Monclair, Léontine serra si fort sa fille contre son cœur, et l'embrassa tant et tant, que Giselle ne put en dire que les premiers mots.

Quand Léontine lui rendit la liberté de ses mouvements, Giselle se retourna vers son père et dit tout au long la phrase convenue avec sa tante. La surprise avait rendu Victor immobile ; ses yeux étonnés, sa bouche entrouverte, l'immobilité de toute sa personne, firent éclater de rire Mme de Monclair ; Giselle ne put s'empêcher de partager un peu la gaieté de sa tante ; elle embrassa son père en riant.

M. DE GERVILLE

Comment, Giselle ! Comment, que dis-tu, que me demandes-tu ? Je crois avoir mal entendu.

GISELLE

Mon pauvre papa, je vous demande de laisser maman me gronder, me punir à son idée, parce que je sais que je l'ai bien mérité quand elle le fait.

M. DE GERVILLE

Mais, ma pauvre petite, tu ne le mérites presque jamais. Si je ne te protège pas, tu seras très malheureuse.

« Oh, Victor ! » ne put s'empêcher de dire Léontine.

GISELLE

N'ayez pas peur, maman ; je sais que vous m'aimez beaucoup, et que lorsque papa me soutient contre vous, par excès de tendresse pour moi, c'est vous qui avez raison et moi qui ai tort.

M. TOCAMBEL, *baisant la main de Mme de Monclair*

Je vois, ma charmante amie, que vous avez eu un succès complet avec Giselle ; elle est changée déjà à ne pas la reconnaître.

MADAME DE MONCLAIR

Je crois bien ; elle est jolie comme un ange, et douce comme un agneau. Je n'en ferais pas autant avec vous ; il n'y a pas de danger que vous preniez une figure d'ange et un caractère d'agneau.

M. TOCAMBEL

Je crois, en effet, que je n'aurai pas cette chance tant que je serai sous votre terrible direction.

MADAME DE MONCLAIR

Terrible ! laissez donc. Je suis trop bonne pour vous ; je vous mène trop doucement.

M. TOCAMBEL

Seigneur Dieu ! la douceur d'une lionne.

MADAME DE MONCLAIR

Giselle, t'ai-je dévorée ?

GISELLE, *riant*

Non, ma tante, vous m'avez embrassée.

MADAME DE MONCLAIR

Giselle, t'ai-je grondée ?

GISELLE, *riant*

Pour cela non ; vous m'avez parlé si doucement, avec tant de bonté, que je vous ai écoutée avec plaisir.

MADAME DE MONCLAIR, *riant*

Vous voyez bien ! Giselle dit vrai ; et vous, vous dites faux. Aussi vous allez rester là sans bouger et sans parler. »

Mme de Monclair poussa légèrement M. Tocambel jusqu'au canapé, sur lequel elle le fit tomber. Il voulut se relever, mais le poignet encore vigoureux de Mme de Monclair le fit retomber et le cloua sur le canapé.

« Laissez-moi la paix ! Laissez-moi m'en aller, disait M. Tocambel, moitié riant, moitié impatienté.

MADAME DE MONCLAIR

Du tout ; vous resterez là. J'aurai besoin de vous tout à l'heure pour me ramener chez moi. Et je me tiens près de vous pour vous empêcher de vous sauver. On n'a pas idée d'un caractère aussi impérieux.

M. TOCAMBEL

Moi ! impérieux ! Avec vous ce serait bien impossible : vous me mettriez en pièces. Puisqu'il faut toujours vous céder, quelque folle idée que vous ayez dans la tête !

MADAME DE MONCLAIR, *avec gaieté*

C'est bon, c'est bon ; taisez-vous, on n'entend que vous. Laissez-nous terminer nos affaires.

M. TOCAMBEL

Ce n'est toujours pas moi qui parle.

MADAME DE MONCLAIR

Comment, pas vous ? vous ne faites que cela.

M. TOCAMBEL

Donnez-moi la paix ! pour l'amour du Ciel !

MADAME DE MONCLAIR

Donnez-moi la paix ! Vous redites toujours la même chose... Chut ! Plus un mot. »

« Ma petite Giselle, ajouta-t-elle en se tournant vers sa nièce, tu es bien gentille ; je reviendrai te voir et nous causerons encore à nous deux...

LÉONTINE

Je pourrai assister à votre conversation, ma bonne tante ?

MADAME DE MONCLAIR

Pas du tout, ma fille ; tu n'as pas besoin d'entendre nos petits secrets. Et Victor encore moins. À présent je m'en vais. Sois sage, ma Léontine ; demande à Giselle ce qu'il faut fairc pour être sage. Et vous, Victor, sortez beaucoup ; soyez à la maison le moins possible, parlez à Giselle le moins possible quand elle est un peu.... un peu... agitée. Au revoir, mes enfants. »

Elle serra la main de Victor, embrassa Léontine qui la remercia vivement à voix basse, embrassa Giselle qui lui demanda à l'oreille : « Suis-je jolie, ma tante ? — Charmante », lui répondit Mme de Monclair. Puis elle voulut emmener son malheureux ami, mais il n'y était plus ; il avait profité des adieux de son amie pour s'échapper.

« Parti ? s'écria-t-elle en riant. Parti ? Ah bien ! il me le paiera. Je vais le rattraper ; il ne peut pas être loin, et je vais le faire promener pendant une heure au pas accéléré, pour lui ôter à l'avenir l'envie de se sauver. »

Elle partit en pressant le pas et ne tarda pas à voir le malin Tocambel qui, lui aussi, pressait le pas et trottait de toute la vitesse de ses jambes ; Mme de Monclair arriva sur lui au moment où il tournait une rue et se croyait hors de toute atteinte.

Pan ! C'était un avertissement amical de Mme de Monclair.

M. TOCAMBEL

Aïe ! C'est bien de vous cela ! Vous m'avez brisé l'épaule ! Vous tombez sur les gens comme un aigle qui s'abat sur sa proie.

MADAME DE MONCLAIR

Je vous tiens, tout de même. Vous allez me mener chez Pierre avant de rentrer chez moi. Je vous apprendrai à me faire courir après vous, avec mes quarante-six ans !

M. TOCAMBEL

Beau mérite de rattraper un pauvre vieillard qui en a soixante-quatre, qui...

MADAME DE MONCLAIR

... qui marche comme sur des œufs cassés parce que monsieur veut faire petit pied. Voyez donc vos brodequins ; ils sont de deux pouces trop courts et d'un pouce trop étroits.

M. TOCAMBEL

Mon Dieu, baronne, laissez mes pieds tranquilles. Vous avez des idées tout à fait extraordinaires. »

Ils continuèrent leur chemin à pas redoublés, M. Tocambel demandant grâce, et Mme de Monclair le forçant à suivre son pas plus qu'accéléré et riant des soupirs et des gémissements de sa victime.

Chez M. et Mme de Gerville tout était rentré dans l'ordre en attendant de nouvelles agitations. Giselle fut toute la soirée d'une douceur charmante ; deux ou trois fois son sourcil se fronça et ses narines se gonflèrent, mais, les conseils de sa tante lui revenant à l'esprit, elle se calma aussitôt et put jouir de la surprise de ses parents. M. de Gerville était presque effrayé de la sagesse de sa fille.

« Pourvu qu'elle n'en tombe pas malade, pensait-il. Elle prend sur elle d'une manière effrayante. Je la vois par moments rougir, puis pâlir. Pauvre petite !

Comme on la tourmente ; et comme Léontine est devenue sévère, dure, méchante même pour cette chère enfant ! Pierre lui a donné de bien mauvais conseils. »

Chapitre 12

Rechute

Deux jours se passèrent ; Giselle rayonnait de sagesse ; sa mère rayonnait de bonheur ; M. de Gerville s'assombrissait de plus en plus.

Le troisième jour, Giselle, qui n'avait pas oublié la fête promise par son oncle, demanda à sa mère quelle robe elle mettrait.

LÉONTINE

Je te fais faire une robe de mousseline blanche avec des rubans bleus.

GISELLE

Pourquoi bleus ? J'aime mieux des rubans blancs.

LÉONTINE

Tout blanc te donnerait l'air de revenir d'une première communion, d'ailleurs le bleu te va très bien, chère petite.

GISELLE

Le bleu ne peut pas me bien aller, puisque j'ai les cheveux noirs.

LÉONTINE

Qu'est-ce que cela fait ? Le bleu va aussi bien aux brunes qu'aux blondes.

GISELLE

Je suis sûre que non ; et je ne mettrai certainement pas de rubans bleus.

LÉONTINE

Il faudra bien que tu les gardes, ma minette chérie, puisqu'ils sont achetés et passés dans les ourlets de ta robe.

GISELLE

Ça m'est bien égal. Qu'on les ôte et qu'on me mette des rubans blancs ou cerise.

LÉONTINE

Ta bonne n'aurait plus le temps de les changer, chère enfant ; il n'y a plus que deux jours d'ici à lundi.

GISELLE

Il y en a trois, puisque c'est aujourd'hui jeudi.

LÉONTINE

Parce que tu comptes le dimanche ; mais tu sais que ta bonne ne travaille pas le dimanche.

GISELLE

Elle n'a qu'à travailler ce dimanche-là.

LÉONTINE

Mais, Giselle, tu n'es pas raisonnable, chère enfant ; je t'assure que ta robe sera charmante et qu'elle t'ira très bien.

GISELLE

Mais je vous dis que je ne la mettrai pas.

LÉONTINE

Oh ! Giselle ! mon enfant ! Tu as été si bonne depuis quelques jours ! Ne recommence pas tes méchancetés, je t'en supplie.

GISELLE

Je ne recommencerai pas si vous êtes bonne pour moi ; mais vous me tourmentez exprès, et cela m'ennuie à la fin. Ma tante m'avait dit que je serais heureuse et que tout le monde m'aimerait et me ferait plaisir ; et je vois au contraire que plus je suis douce et plus vous me contrariez ; papa n'ose plus me soutenir ; il a pitié de moi, je le vois bien ; parce qu'il m'aime, lui. Il ne ferait pas comme vous pour ma robe ; il m'en achèterait une autre.

LÉONTINE

Giselle, Giselle, tu n'es plus en ce moment ni douce, ni obéissante, ni polie.

GISELLE

Oh ! Maman, chère maman, si vous m'aimez, accordez-moi ce que je vous demande. Faites acheter des rubans blancs, et faites recommencer ma robe.

LÉONTINE, *l'embrassant*

Giselle, ma Giselle chérie ; je t'aime, je ne demande qu'à te satisfaire ; mais j'ai peur que... (Léontine s'arrêta.)

GISELLE

Peur de quoi, maman ?... Dites, maman, dites... de quoi avez-vous peur ?

LÉONTINE

J'ai peur que,... que si je te cède aujourd'hui, je sois obligée de te céder toujours, et que les scènes d'autrefois recommencent de plus belle.

GISELLE

Non, non, ma bonne, ma chère maman, s'écria Giselle en serrant sa mère dans ses bras, en lui baisant les mains et les joues. Essayez seulement cette fois ; vous verrez. Je ne vous demanderai plus rien, jamais.

LÉONTINE

Puisque tu me le promets si positivement, enfant chérie, je veux bien céder à ton désir ; mais rappelle-toi que ce n'est qu'une fois, par exception.

GISELLE

Oui, bonne petite mère ; allez vite dire à ma bonne de changer les rubans. »

Léontine quitta Giselle, dont l'air triomphant lui faisait sentir qu'elle était aussi retombée dans son accès de faiblesse. Elle donna ses ordres à la bonne, qui ne répliqua pas ; elle savait combien il était inutile de lutter contre les volontés absolues de Giselle et la faiblesse des parents. Elle se prit à découdre les rubans.

LA BONNE

C'est pourtant dommage de perdre tout cela, madame.

LÉONTINE

Ce ne sera pas perdu, Émilie. Prenez les rubans bleus pour vous ; vous en garnirez des bonnets.

LA BONNE

Je remercie bien madame ; il y en a une quantité considérable ; j'ai de quoi porter du bleu pendant cinquante ans au moins. »

Léontine rentra un peu triste. Giselle courut à elle, l'embrassa, la câlina ; mais elle ne réussit pas à lui rendre sa gaieté.

Le matin de la fête, Giselle demanda à sa mère à quelle heure viendrait le coiffeur.

LÉONTINE

Le coiffeur ? Mais, chère enfant, je n'ai pas demandé de coiffeur ; ta bonne te coiffera tout aussi bien qu'un coiffeur.

GISELLE

Mais pas du tout. Ma tante Noémi fait venir un coiffeur pour mes tantes Blanche et Laurence.

LÉONTINE

Tes tantes sont de jeunes personnes de dix-huit et vingt ans, ma Giselle, et toi, tu es une petite fille. Tu es coiffée en boucles ; tu mettras ton filet à petites perles d'acier : ce sera plus joli et plus commode.

GISELLE

J'ai pourtant vu aux Champs-Élysées trois petites filles qui vont chez mon oncle et qui ont un coiffeur.

LÉONTINE

Ces petites filles sont ridicules, et je ne veux pas que tu sois ridicule.

GISELLE

Je ne serai pas ridicule du tout, et je veux un coiffeur.

LÉONTINE

Mais non, Giselle, je t'en prie, ne demande pas une chose absurde.

GISELLE

Ce n'est pas absurde du tout, et je vais le demander à papa. »

Et avant que Léontine eût le temps de l'en empêcher, Giselle s'avança vers la chambre de M. de Gerville.

GISELLE, *se jetant au cou de son père*

Papa, mon cher papa, venez à mon secours.

MONSIEUR DE GERVILLE

Qu'y a-t-il, mon ange chéri ? Qu'y a-t-il ?

GISELLE

C'est maman qui me contrarie toujours ; je lui demande de faire venir un coiffeur pour que je sois bien arrangée chez mon oncle, et maman ne veut pas ; elle veut que je mette mon filet et que je reste comme je suis tous les jours.

— C'est trop fort, en vérité ! s'écria M. de Gerville. Tu as bien fait, pauvre ange, de m'appeler à ton secours. Reste chez moi ; tu vas voir comme j'arrangerai tout cela. »

M. de Gerville sonna avec violence ; un domestique accourut.

« Joseph, allez vite chez un coiffeur, un bon coiffeur, le meilleur du quartier, et amenez-le pour coiffer Mlle Giselle. Qu'il apporte fleurs, rubans, tout ce qu'il faut. Dites-lui qu'il n'y a rien ici.

— Oui, m'sieur », répondit Joseph en dissimulant un sourire.

Un quart d'heure se passa, pendant lequel M. de Gerville questionna sa fille sur les sévérités dont elle souffrait. Giselle, mécontente de sa mère, exagéra beaucoup les *exigences* de Léontine et sa propre soumission, si bien que lorsque le coiffeur entra, M. de Gerville était outré contre sa femme, contre son beau-frère, contre l'innocent M. Tocambel et l'excellente Mme de Monclair.

« Coiffez ma fille, dit-il au coiffeur d'un ton bourru.

LE COIFFEUR

Comment faut-il coiffer mademoiselle ?

MONSIEUR DE GERVILLE

Comme elle voudra. Mettez-lui tout ce qu'elle voudra.

LE COIFFEUR

Et quelle robe met mademoiselle ?

MONSIEUR DE GERVILLE

Mousseline blanche, parbleu ! Quelle robe voulez-vous qu'elle mette ? »

Le coiffeur, intimidé par le ton irrité de M. de Gerville, ne fit pas d'autres questions, et ouvrit un grand carton de fleurs et de rubans.

« Qu'est-ce que mademoiselle prendra dans tout cela ? » dit-il.

Giselle, qui n'entendait rien aux coiffures ni aux fleurs, trouva charmant tout ce qu'elle voyait et finit par se décider pour une couronne de grosses roses blanches, de muguets et de lilas, terminée par un large ruban blanc qui faisait le nœud par-derrière et retombait comme une ceinture jusqu'à ses jarrets.

Le coiffeur avait vu de suite qu'il avait affaire à une petite fille gâtée ; il ne fit aucune objection et la coiffa selon le mauvais goût qu'elle avait montré dans le choix des fleurs.

Quand il eut fini, Giselle, après s'être regardée dans la glace, se fit voir triomphante à son père. Malgré son admiration pour Giselle, il ne put s'empêcher de trouver la coiffure ridicule et laide. Le coiffeur était parti.

« Ma pauvre petite, dit doucement M. de Gerville, je ne trouve pas que ce soit très joli.

GISELLE

Comment ? Pourquoi ?

MONSIEUR DE GERVILLE

C'est un peu trop gros. Cette masse blanche te donne une figure toute drôle. »

En disant ces mots, M. de Gerville ne put s'empêcher de rire un peu. Giselle s'étonna d'abord, et puis se fâcha, ce qui augmenta l'aspect ridicule de sa personne ; ce petit visage rouge de colère, couronné par une touffe énorme de lourdes fleurs blanches, offrait un aspect si bizarre que M. de Gerville fut pris d'un fou rire que ni la colère, ni les injures de Giselle ne purent calmer. Furieuse, désolée, oubliant qu'elle était en brouille avec sa mère, elle courut dans la chambre de Léontine, entra précipitamment et s'arrêta en se trouvant en face de sa mère, de M. Tocambel et de Mme de Monclair.

Tous trois partirent d'un éclat de rire devant la tête incroyable de Giselle. Cette dernière fondit en larmes ; mais sa douleur augmenta le ridicule de sa coiffure. Léontine eut pourtant le courage de prendre son sérieux, tandis que M. Tocambel riait aux éclats et que Mme de Monclair se tordait de rire dans son fauteuil.

LÉONTINE

Qui est-ce qui t'a coiffée si ridiculement, ma pauvre enfant ?

GISELLE, *sanglotant*

C'est papa. Et puis, il s'est moqué de moi, et je ne veux pas qu'on se moque de moi.

MADAME DE MONCLAIR, *riant toujours*

C'est son père qui l'a coiffée ! Ha, ha, ha ! charmant, charmant ! Il faut que je lui fasse compliment sur son bon goût. Victor, Victor ! cria-t-elle en se dirigeant vers la chambre de son neveu.

VICTOR, *riant encore*

Quoi, ma tante ? Que voulez-vous ?

MADAME DE MONCLAIR

Venez, mon ami, venez vite. »

Et, l'entraînant dans la chambre de Léontine :

« Contemplez votre ouvrage ! Quel bon goût ! Quelle légèreté ! Et ce nœud qui lui bat les talons ! Parfait ! Je vous retiens pour le premier costume de folle que j'endosserai. Je ne vous connaissais pas ce talent de coiffeur. »

Victor ne comprenait pas bien les compliments moqueurs que lui adressait sa tante ; mais un regard jeté sur la malheureuse Giselle lui rendit son accès de gaieté.

LÉONTINE, *bas à son mari*

C'est donc une leçon que vous avez voulu donner à Giselle ? Je vous en remercie, Victor ; c'est la meilleure qu'elle puisse recevoir. »

Victor, encore plus surpris, demanda une explication, que Léontine s'empressa de lui donner. Victor « honteux et confus (comme le corbeau de la fable) jura, mais un peu tard, qu'on ne l'y prendrait plus ». Il s'avoua coupable, convint que Léontine avait eu raison, que Giselle avait eu tort, reçut avec humilité les reproches de Mme de Monclair, les observations de Léontine, les apostrophes un peu moqueuses de M. Tocambel, et se retira en promettant de ne plus se mêler de Giselle ni de ses caprices.

Giselle était humiliée et très mécontente. Elle arracha fleurs et rubans, les jeta par terre et allait les piétiner, quand Léontine se précipita pour les ramasser et les mettre en sûreté.

MADAME DE MONCLAIR, *sérieusement*

Giselle, tu n'as pas bonne mémoire, ma fille ; tu as oublié ma recette. »

Giselle ne répondit que par un regard furieux.

MADAME DE MONCLAIR, *riant*

Que tu es laide, ma pauvre fille ! Que tu es laide !

GISELLE

Ce n'est pas vrai ! Je suis toujours jolie. Je le vois dans la glace.

MADAME DE MONCLAIR, *riant plus fort*

C'est que tu vois trouble. Moi qui y vois clair, je dis que tu es laide, désagréable à regarder ; de plus, je vois l'impertinence qui s'amasse sur ta langue, et je m'en vais. Venez, mon ami, dit-elle en s'adressant à M. Tocambel, allons chez Pierre et laissons Léontine se tirer d'affaire comme elle pourra. Ha, ha, ha ! quelle figure a cette Giselle ! »

Elle sortit en riant ; M. Tocambel la suivit, riant aussi. Giselle était furieuse. Léontine la regardait avec pitié.

LÉONTINE

Et moi qui te croyais corrigée, ma pauvre Giselle ! Ta physionomie même commençait à prendre une expression douce et agréable. Quand je t'ai cédé pour les rubans blancs, tu m'avais bien promis que tu ne demanderais plus rien quand je te refuserais.

GISELLE

C'est votre faute. Vous m'avez trop tourmentée !

LÉONTINE, *avec tristesse*

Je t'ai tourmentée, moi ? Oh ! Giselle, tu ne le penses pas ; pourquoi me fais-tu le chagrin de le dire ?

GISELLE

Papa me l'a dit ; et je le pense, et je le dirai toujours.

LÉONTINE

Papa te l'a dit ? Quand donc ? Ce n'est pas possible.

GISELLE

Il me l'a dit tout à l'heure. Il a dit que vous me rendiez malheureuse, et il a envoyé chercher le coiffeur pour me consoler. »

Léontine ne répondit pas ; elle tomba dans un fauteuil et cacha son visage dans ses mains.

Giselle, satisfaite et inquiète pourtant de l'effet qu'elle avait produit, s'approcha doucement de sa mère pour voir si elle pleurait réellement. Par une secousse légère elle écarta les mains de sa mère et vit son visage inondé de larmes. Un demi-remords entra dans son cœur, et fit place à la crainte d'une punition.

« Si maman m'empêchait d'aller chez mon oncle Pierre ! » pensa-t-elle.

« Maman ! dit-elle après un instant d'hésitation.

LÉONTINE

Que veux-tu, Giselle ?

GISELLE

Maman, ne soyez pas fâchée contre moi ; pardonnez-moi.

LÉONTINE, *avec tristesse*

Je te pardonne, Giselle. Que le bon Dieu te pardonne comme je le fais. »

Giselle ne répondit pas.

LÉONTINE

Va dire à la bonne de t'habiller. Il est bientôt temps de partir. Ton oncle t'a prévenue qu'il fallait venir de bonne heure pour voir Guignol. »

Giselle sortit très contente ; elle avait craint un instant ce qu'elle appelait une *vengeance* de sa mère.

Léontine sonna sa femme de chambre et s'habilla de son côté.

Chapitre 13

La loterie

Quand elle fut prête, elle alla chercher Giselle et son mari ; ils montèrent tous trois en voiture sans parler. Victor était embarrassé vis-à-vis de sa femme, qu'il avait blâmée devant Giselle, et de sa fille, qu'il avait écoutée et gâtée au-delà de tout ce qu'il avait fait jusqu'alors. Léontine était préoccupée et triste ; elle n'avait pas même regardé Giselle avant de monter en voiture. Giselle était vexée que sa mère ni même son père n'eussent admiré sa belle toilette.

Il y avait déjà plusieurs personnes quand ils entrèrent. Les enfants s'amusaient dans le jardin. M. de Néri et sa femme ne purent retenir une exclamation de surprise en apercevant Giselle. Elle avait fait ajouter à sa robe une masse de rubans, en défendant à sa bonne d'en parler à sa mère. Elle avait emporté les fleurs qui avaient orné sa tête : elle en avait piqué une grande partie dans les mailles de son filet ; l'énorme nœud n'avait pas été oublié : elle l'avait attaché à la nuque.

PIERRE, *riant*

Ma pauvre Léontine, pourquoi as-tu affublé Giselle de tous ces rubans et de ces fleurs ? »

Léontine, étonnée, se retourna, regarda Giselle un instant.

LÉONTINE

Ce n'est pas moi, mon ami ; c'est elle-même qui s'est rendue ridicule.

PIERRE

Il y a donc eu lutte grave, ma pauvre sœur ?

LÉONTINE

Plus grave que jamais. Je t'en reparlerai. »

Léontine alla embrasser ses sœurs et saluer les personnes de connaissance. Giselle s'était esquivée pour aller au jardin, où elle excitait le rire des enfants.

LE COUSIN JACQUES

Tu as l'air d'un Mont-Blanc, Giselle.

LE COUSIN LOUIS

Ou d'un fromage à la crème.

LE COUSIN PAUL

Ou d'une grosse boule de neige.

LAURENCE

Pourquoi donc es-tu tout en blanc ?

UNE AMIE

C'est qu'elle veut être comme une mariée probablement.

UNE AUTRE AMIE

Pourquoi t'a-t-on mis tant de rubans ?

Tiens ! C'est comme pour jouer au cheval ; les longs rubans par-derrière feront les guides. »

Le petit Georges s'écrie : « C'est vrai, ça ! » Il saisit les longs bouts pendants, les tire en disant : « Hue, dada ! Hue donc ! » Giselle se fâche, le repousse ; Georges tombe ; les enfants l'entourent et l'embrassent en disant :

« Sauvons-nous de Giselle ; elle va nous jouer quelques méchants tours comme aux Champs-Élysées. »

Ils s'éloignent et emmènent Georges. Giselle les suit ; ils se mettent à courir ; Giselle les poursuit ; ils l'entourent, font une ronde autour d'elle et chantent :

Tournons, tournons autour du Mont-Blanc,
Goûtons, goûtons si c'est un fromage.
Non, non, voyons ces longs rubans blancs.
Non, non, fuyons, Giselle est en rage.

Giselle, en effet, était furieuse, entourée par une ronde de vingt enfants, et voulant les éviter, elle se précipitait de droite à gauche pour pouvoir s'échapper, mais la ronde tournait avec une telle rapidité qu'il lui était impossible de passer, ni même de saisir quelqu'un au passage. Les plus malins tiraient un ruban, attrapaient une fleur, qui leur restaient dans les mains ; *la queue* fut le premier trophée enlevé à l'ennemi ; au bout de cinq minutes ses dépouilles jonchaient le terrain.

Les cris de rage de Giselle, entremêlés des chants et des cris de joie des enfants, n'avaient pas d'abord attiré l'attention des grandes personnes restées dans les salons ; mais la prolongation de ce tumulte au milieu duquel dominaient parfois les cris de fureur

de Giselle inquiéta M. de Néri. Il vint jeter un coup d'œil sur cette ronde qui tournait comme un ouragan, et vit de suite que ce jeu, amusant pour les uns, ne l'était pas pour tous. Il le fit arrêter, et en retira Giselle.

M. DE NÉRI

C'est un mauvais jeu, mes enfants ; il ne faut jamais s'amuser aux dépens de personne. Ce qui vous semble si drôle fait pleurer la pauvre Giselle.

LES ENFANTS

Nous ne voulions pas la faire pleurer, monsieur ; nous ne lui faisions pas de mal.

M. DE NÉRI

Vous ne vouliez pas, mais vous l'avez fait. Vous lui avez arraché tous ses rubans, sa belle queue, vous l'avez décoiffée, vous lui avez fait des trous à sa robe, et vous ne trouvez pas que vous lui ayez fait de mal ? Si vous recommencez chose pareille, il n'y aura de loterie que pour les enfants sages. »

Blanche et Laurence étaient arrivées ; elles cherchèrent à consoler Giselle, et l'emmenèrent pour la recoiffer et arranger sa robe chiffonnée et un peu déchirée.

Pierre alla raconter à Léontine ce qui venait de se passer ; la voyant très effrayée, il la rassura et lui dit que Blanche et Laurence s'occupaient de réparer le désordre de la toilette de Giselle ; il engagea Léontine à ne pas y aller, de peur d'exciter quelque impertinence, quelque scène de sa fille.

Et il promit que ses sœurs ne quitteraient plus le jardin, pour empêcher une nouvelle invention malheureuse des enfants réunis.

Giselle ne tarda pas à revenir avec ses tantes, qui

l'avaient parfaitement coiffée et arrangée, de sorte qu'elle était très bien au lieu d'être ridicule. Elle-même le sentait ; son visage s'était éclairci ; sa colère avait fait place à un sourire satisfait ; elle reçut sans bouderie les regrets exprimés par les enfants et eut l'air de ne plus songer qu'à s'amuser.

Guignol ne tarda pas à tirer son rideau et commença sa représentation, qui excita, comme toujours, la joie et la gaieté : Guignol se surpassa ; Polichinelle fut plein d'esprit et de méchanceté ; le commissaire fut plus malin que jamais ; les autres personnages, y compris le diable, furent charmants, chacun dans son genre.

La représentation finit au grand regret de tous les spectateurs. Il y eut un ah ! général quand le rideau se rouvrit, et que Polichinelle et le diable apparurent tenant chacun un sac à la main.

Polichinelle n'a pas très bon ton, comme le savent tous ceux qui l'ont entendu ; il se mit à crier : « Sac à papier ; arrêtez donc, vous autres ; mon ami le diable et moi, nous avons quelque chose à vous donner... Ventre-saint-gris ! vous n'entendez pas ? Arrivez tous, chacun votre tour. Tendez la main. »

Les enfants défilèrent l'un après l'autre et reçurent chacun un billet de loterie noir du diable et deux billets rouges de Polichinelle.

Le diable, en donnant son billet, tirait la langue, une énorme langue rouge et pointue, ou bien il donnait une tape avec son billet, ou une chiquenaude sur le nez. Polichinelle, au contraire, promettait des lots superbes, demandait aux garçons de l'embrasser, et pestait contre son nez qui le gênait pour baiser la main des petites filles et des demoiselles.

Tout le monde était venu voir Guignol et la distribution des billets de loterie. Quand tous les enfants eurent leurs billets, Polichinelle fit voir encore quelques billets en disant :

« J'en ai encore à donner aux personnes aimables et sages. Mesdemoiselles Blanche et Laurence, par ici, par ici. Votre vieil ami Polichinelle vous attend, tout prêt à vous servir. Voilà, Voilà ! »

Polichinelle donna des billets à Blanche et à Laurence qui riaient, et leur envoya un petit baiser, comme un de leurs plus anciens amis.

Polichinelle regarda et appela encore M. Tocambel :

« Par ici, mon frère ; par ici, cria-t-il. Tu vois bien que je suis ton jumeau. Beau nez, ma foi ! Il manque la bosse ; mais ça viendra ; le commencement y est.

— Polichinelle, mon frère, répondit M. Tocambel, donne-moi un billet et un bon ; traite-moi en frère, puisque tu m'appelles ainsi.

— Voilà, voilà ! frère. Un beau lot, tu verras. »

Polichinelle lui présenta un billet et disparut en riant comme un fou. Le diable, qui était mieux élevé, salua la compagnie à droite, à gauche, au milieu, et le rideau tomba.

La musique se fit entendre ; on se mit à danser des galops, des contredanses, des rondes ; quand les enfants se sentirent fatigués, on se mit à table ; un excellent dîner fut servi ; les enfants le mangèrent de bon appétit ; les parents furent servis après les enfants, pendant qu'on tirait la loterie. Les lots étaient jolis ; les billets de Polichinelle gagnaient des choses charmantes ; les billets du diable gagnaient des lots absurdes : des verges, des carottes, des oignons, des navets, pommes de terre, cailloux, clous, vieux chiffons, etc. À la suite de tous les lots, arriva celui de M. Tocambel. Mme de Monclair voulut l'ouvrir elle-même malgré les réclamations de M. Tocambel.

« Je ne veux pas, disait-il ; vous allez me jouer quelque tour ; je vous dis que je veux ouvrir mon paquet moi-même ; donnez-moi cela, baronne ; cela m'appartient ; vous n'avez pas le droit d'y toucher.

MADAME DE MONCLAIR

Ah ! je n'ai pas le droit, mon bonhomme. Vous croyez cela. Je me le donne, moi. »

Cric, crac ! Le papier d'enveloppe fut déchiré, Mme de Monclair éleva le bras et fit voir à tout le monde une paire de brodequins en maroquin rouge, pour de très petits pieds de femme, dignes de chausser le pied de Cendrillon.

« Bravo ! cria-t-on. C'est charmant. Il faut les essayer. »

Quand Mme de Monclair abaissa le bras, on l'entoura pour examiner les petits brodequins, et on vit avec surprise que l'un d'eux contenait les ustensiles nécessaires à la toilette, et l'autre tout ce qu'il fallait pour écrire.

« Avez-vous de la chance ! lui dit Mme de Monclair en rendant à M. Tocambel sa paire de brodequins. J'aurais dû les garder, je suis réellement trop honnête.

— Voulez-vous me les donner ? mon bon ami, dit Giselle d'un air câlin.

M. TOCAMBEL

Non ! ma belle enfant ; je les garde pour moi.

GISELLE

Je vous en prie, mon bon ami, donnez-moi ces brodequins ; ils sont trop jolis pour vous.

M. TOCAMBEL

Comment, trop jolis pour moi ! Voyez-vous cela ! Sachez, ma belle enfant, qu'il n'y a rien de trop joli pour moi, du moment que votre oncle et votre tante l'ont jugé ainsi.

GISELLE

Vos brodequins sont plus jolis que ce que j'ai gagné, voulez-vous changer ? Je vous donnerai ma glace à pied et mon beau couteau à papier en ivoire sculpté, et vous me donnerez vos jolis brodequins.

« Voyons, mon bon ami, décidez-vous.

M. TOCAMBEL

Mais je suis tout décidé ; je garde mon lot et je vous laisse les vôtres.

GISELLE

Je ne veux pas de mes lots, ils ne sont pas jolis ; on a choisi pour moi les plus laids. »

Les enfants qui l'entouraient l'assurèrent que son couteau à papier était très beau et que sa glace à pied montée en bronze était charmante.

GISELLE

Et à quoi ça me servira-t-il ? J'ai des glaces partout et des couteaux dans tous les coins.

GEORGES

Alors, veux-tu me donner ton couteau ? Je n'en ai pas, tout juste.

GISELLE

Non ; je veux le jeter.

THÉODORE

Oh ! je t'en prie, ne le jette pas, il est si joli ! Donne-le-moi plutôt que de le jeter.

GISELLE

Je ne veux le donner à personne, je veux le jeter.

THÉODORE

Ah bien ! je te suivrai partout, et quand tu le jetteras, je le ramasserai.

MICHEL

Et moi donc, je la suivrai aussi, et comme je suis leste, c'est moi qui l'aurai. »

Les autres enfants en dirent autant, de sorte que lorsque Giselle impatientée voulut s'en aller, elle fut escortée par une trentaine d'enfants qui la suivaient de près.

« Laissez-moi ! cria Giselle, je veux m'en aller.

LES ENFANTS

Nous ne t'empêchons pas de t'en aller ; seulement nous ne voulons pas laisser perdre tes jolis lots. »

Giselle essaya de courir, mais tous les enfants couraient après elle : plus Giselle s'impatientait et plus les enfants s'amusaient à la taquiner. Des deux côtés on commençait à se fâcher. Giselle, en voulant les faire partir, donnait des tapes et disait des injures ; les enfants ripostaient et menaçaient de lui arracher ses lots de force.

Laurence s'approcha du groupe serré et bourdonnant comme une ruche d'abeilles.

LAURENCE

Que faites-vous donc, enfants ? Pourquoi Giselle a-t-elle l'air si fâchée ?

GISELLE

Ma tante, ils veulent me prendre mes lots.

JULIETTE

Ce n'est pas vrai ; nous voulons t'empêcher de les jeter et de les perdre.

LAURENCE

Pourquoi les jeter et à qui les jeter ?

JULIETTE

À personne ; Giselle veut jeter les lots qu'elle a gagnés parce qu'elle est jalouse des brodequins de M. Tocambel.

GISELLE

Je ne suis pas jalouse du tout ; cela m'est bien égal.

THOMAS

Puisque tu les as demandés, cela ne t'est pas égal, tu vois bien.

GISELLE, avec *colère*

Laisse-moi tranquille ; je te dis que ça m'est égal.

LAURENCE, avec *douceur*

Giselle, Giselle, est-ce qu'on répond ainsi ? Sois gentille ; tu vois qu'ils s'amusent tous à te mettre en colère, parce qu'ils voient que tu te fâches pour un rien. Viens avec moi, Giselle ; nous irons rejoindre maman.

GISELLE

Non, je ne veux pas aller rejoindre maman.

LAURENCE

Mais c'est maman qui te fait dire de venir.

GISELLE

Qu'elle vienne me voir, si elle veut ; moi, je suis avec mes amis.

LAURENCE

Des amis avec lesquels tu te disputais joliment quand je suis venue.

GISELLE

Parce qu'ils sont bêtes et insupportables, mais je veux rester avec eux.

LAURENCE

« Eh bien, puisque tu ne veux pas venir, reste avec eux ; je m'en vais. »

Et Laurence alla rejoindre sa sœur.

MAURICE, *à Giselle*

Je te remercie bien de nous trouver bêtes et insupportables ! Vengeons-nous, mes amis, vengeons-nous !... À nous les lots ! »

Tous les enfants s'élancèrent comme pour monter à l'assaut ; Giselle, qui ne s'attendait pas à ce mouvement, fut en une seconde dépouillée de son couteau à papier et de sa glace à pied ; après quoi, les vainqueurs furent attaqués par ceux qui avaient eu moins d'habileté et de bonheur ; au milieu des rires et des cris de joie, le couteau et la glace de Giselle passèrent de main en main jusqu'à ce que les deux objets fussent brisés en morceaux.

Chapitre 14

M. Tocambel est volé

Pendant ce jeu si amusant, Giselle avait couru dans le salon pour trouver son père, dont elle espérait du secours. Elle fut assez longtemps avant de le trouver. Il causait avec quelques amis et vantait tout juste les qualités charmantes de sa fille, lorsque Giselle, l'ayant enfin aperçu, courut à lui.

GISELLE

Papa, venez vite à mon secours ; ces méchants enfants m'ont arraché les lots que j'ai gagnés ; ils ne veulent pas me les rendre ; ils se battent entre eux pour les avoir et ils vont les casser.

M. DE GERVILLE

Tes tantes ne sont donc plus au jardin ?

GISELLE

Non, elles sont allées manger ; elles m'ont laissée seule au milieu de tous ces méchants. »

M. de Gerville suivit sa fille au jardin. Il eut quelque peine à arrêter le jeu des enfants, et à leur faire comprendre qu'il voulait ravoir le couteau et la glace de Giselle.

Une des petites filles en rapporta les restes à M. de Gerville.

HÉLÈNE

Voici tout ce que j'ai pu trouver, monsieur ; ils ont tout cassé à force de tirer dessus.

GISELLE

Vous voyez, papa, comme ils sont méchants. Je n'ai plus rien maintenant. Tout le monde a de jolies choses ! moi seule je n'ai rien.

M. DE GERVILLE

Pauvre petite ! Que faire ? Ces vilains enfants t'ont volé tes lots.

HÉLÈNE

Mais, monsieur, ils ne les ont pas volés ; c'est parce que Giselle n'en voulait pas et qu'elle voulait les jeter.

M. DE GERVILLE

Comment, mademoiselle, Giselle pouvait-elle n'en pas vouloir, puisqu'elle pleure de ne plus les avoir ?

HÉLÈNE

Oh ! Monsieur ! cela ne veut rien dire, ça ; nous la connaissons bien, allez. Elle pleure de colère ; aux Champs-Élysées et aux Tuileries elle fait toujours de même.

M. DE GERVILLE

Mademoiselle, il ne faut pas croire tout ce que ces enfants vous disent de Giselle.

HÉLÈNE

Ce ne sont pas des choses qu'on m'a dites, monsieur ; c'est moi-même qui l'ai vu bien des fois. Ainsi, vous croyez qu'elle pleure pour avoir ses lots : pas du tout ; elle pleure parce qu'elle voulait avoir les brodequins de M. Tocambel, qui n'a pas voulu les lui donner.

M. DE GERVILLE

Les brodequins de M. Tocambel ! Comment, c'est-il possible ! Qu'en aurait-elle fait ?

HÉLÈNE

Ce sont des brodequins qu'il a gagnés, monsieur, et que Giselle voulait avoir. N'est-ce pas, Giselle ?

GISELLE

Laisse-moi tranquille. Tu es une méchante comme les autres.

HÉLÈNE

Vous voyez, monsieur, comme elle est en colère.

M. DE GERVILLE

Il faut avouer, mademoiselle, que vous lui dites des choses bien désagréables et qui, je le crains, ne sont pas vraies par-dessus le marché.

HÉLÈNE

Oh ! pour vraies, elles le sont ; vous pouvez demander à tous nos amis. »

M. de Gerville lança à Hélène un regard indigné et emmena Giselle en lui disant :

« Viens, mon pauvre amour, mon ange chéri ; je te remplacerai ton couteau et ta glace ; en sortant d'ici, nous irons les acheter.

GISELLE

Je n'en veux pas ; c'est laid et ça ne me sert à rien.

M. DE GERVILLE

Comment, mon ange ? Je croyais que tu pleurais de chagrin de ne plus les avoir.

GISELLE

Non ; je pleurais parce que je voulais avoir les brodequins de M. Tocambel et qu'il ne voulait pas me les donner. Tenez, tenez, papa, les voilà ! je les vois sur la table en bois de rose, dans le coin ! Il les a oubliés. Venez voir comme c'est joli. »

M. de Gerville se laissa entraîner près de la table pour voir les brodequins ; il les trouva charmants.

M. DE GERVILLE

Je t'en achèterai de tout pareils, cher amour ; l'adresse du marchand est dessous.

GISELLE

Non, papa, je ne veux pas les pareils ; je veux ceux-ci.

M. DE GERVILLE

Mais ils sont à M. Tocambel, cher amour ! il va venir les chercher.

GISELLE

Et il ne les trouvera plus, si je les emporte.

M. DE GERVILLE

Non, non, ma Giselle ; impossible, mon cher amour. Ce serait malhonnête.

GISELLE

Vous allez de suite en acheter chez le marchand et vous les mettrez ici.

M. DE GERVILLE

Il vaut mieux que j'aille les acheter pour toi, je les mettrai dans ta chambre.

GISELLE

Non, ils ne seront pas aussi jolis que ceux-ci ; je veux ceux-ci.

M. DE GERVILLE

Comment ferais-tu pour les emporter ? Tout le monde te les verrait dans les mains.

GISELLE

Oh non ! je ne suis pas bête, moi ; j'en mettrai un dans chacune de mes poches ; personne ne pourra les voir comme cela.

M. DE GERVILLE

Pas du tout ; je ne veux pas avoir l'air d'un voleur. »

Giselle eut beau supplier son père, il refusa de lui laisser prendre le lot de M. Tocambel et lui promit seulement d'aller de suite lui acheter des brodequins tout semblables.

Il sortit. Giselle resta seule ; les enfants étaient au jardin. Elle regarda encore les brodequins tant désirés, hésita un instant, puis, cédant à la tentation, elle les saisit et en mit un dans chacune de ses poches.

Pour son malheur, un des enfants l'avait vue saisir quelque chose et puis se sauver. Il alla voir ce qui manquait à la place que venait de quitter Giselle et il s'aperçut que c'étaient les brodequins de M. Tocambel qui étaient disparus. Il courut rejoindre ses amis et leur raconta ce qu'il venait de voir.

La nouvelle circula bien vite parmi les enfants ; chacun faisait ses réflexions sur ce vol *abominable* ;

peu d'enfants y voulaient croire lorsqu'un des plus grands et des plus futés proposa d'aller voir au petit salon si les brodequins y étaient encore.

« Ils y étaient il y a cinq minutes, dit-il ; c'est M. Tocambel lui-même qui les a posés sur la petite table en bois de rose près de la cheminée.

— Allons voir, allons voir ! » s'écrièrent une douzaine de voix. Une partie des enfants s'élança dans le petit salon et n'y trouva plus les brodequins.

« Ils n'y sont plus ! Ils ont disparu tous les deux ! » crièrent-ils en rejoignant les autres au jardin.

Tous les regards se portèrent sur Giselle, qui ne disait rien et qui se tenait assise sur un pliant sans regarder personne.

ROSALIE

Giselle, sais-tu ce que sont devenus les brodequins dont tu avais si envie ?

GISELLE

Comment veux-tu que je le sache ? On ne me les a pas donnés à garder.

FÉLICIE

André dit que c'est toi qui les as pris.

GISELLE

Quelle bêtise ! Et tu crois cela, toi ?

CONSTANCE

Mais,... écoute donc !... André dit qu'il l'a vu.

GISELLE

N'écoutez donc pas un petit menteur comme André.

ANDRÉ

Je ne suis pas un menteur. Je t'ai vue prendre quelque chose. »

Giselle, ne sachant que dire, poussa André et alla rejoindre sa mère au salon. Elle devinait que bientôt elle aurait besoin de protection.

La rumeur qu'avait causée parmi les enfants la nouvelle de la disparition des brodequins de M. Tocambel se propagea dans les salons et arriva jusqu'à M. Tocambel. Dès que les enfants, qui étaient à l'affût, surent que M. Tocambel se disposait à aller voir par lui-même si ses brodequins avaient été enlevés, ils accoururent en groupes divers près de lui et le suivirent en masse compacte pour voir ce qui allait se passer.

Du premier coup d'œil jeté sur la petite table du salon, M. Tocambel reconnut que son lot lui avait été véritablement enlevé.

M. TOCAMBEL

Qui peut avoir commis une action aussi basse ? ou plutôt qui peut avoir imaginé cette mauvaise plaisanterie ? »

Un bruit sourd de : *c'est Giselle* courut parmi les enfants et arriva jusqu'aux oreilles de M. Tocambel.

M. TOCAMBEL

Mes chers enfants, j'entends circuler le nom de Giselle. L'un de vous l'aurait-il vue toucher aux brodequins ?

PLUSIEURS VOIX

Non, monsieur.

M. TOCAMBEL

Pourquoi alors, mes enfants, vous permettez-vous une aussi grave accusation ? Savez-vous que ce serait un vol dont elle se serait rendue coupable ? Et puisqu'elle n'a pas touché à mon lot, rien ne doit vous faire croire qu'elle l'ait emporté.

ANDRÉ

C'est vrai, monsieur, mais...

M. TOCAMBEL

Mais quoi, mon ami ? Expliquez-vous sans crainte.

ANDRÉ

Monsieur, nous le croyons tous, à cause de ce qu'elle disait et de l'envie qu'elle en avait ; et nous qui la connaissons, nous savons que lorsqu'elle a envie de quelque chose, il faut qu'elle l'ait.

M. TOCAMBEL

C'est bien ; je vais aller lui parler ; mais je vous conseille sérieusement, mes enfants, de ne pas juger sans preuves, comme vous venez de le faire. »

M. Tocambel retourna dans le grand salon, accompagné de sa nombreuse suite, qui tenait à connaître la fin de l'affaire ; tous accusaient en eux-mêmes Giselle.

« Giselle, dit M. Tocambel en la regardant fixement, je ne retrouve pas mes brodequins.

— Quel dommage ! répondit Giselle, ils étaient si jolis !

M. TOCAMBEL

C'est surtout dommage pour vous, Giselle, car pour

moi, vous pensez bien que je ne me serais jamais servi d'objets aussi mignons.

GISELLE, *vivement*

À qui donc les auriez-vous donnés ?

M. TOCAMBEL, *souriant*

À vous, peut-être.

GISELLE

À moi ! s'écria Giselle en se levant et en se jetant dans ses bras. À moi ! Que vous êtes bon ! Comme je suis contente ! Je peux donc les garder ?

M. TOCAMBEL

Les garder ! Mais, ma pauvre Giselle, il n'y a plus rien à garder : ils ont disparu.

GISELLE

Oh ! on les retrouvera bien certainement ; alors ils seront à moi.

M. TOCAMBEL

Cela dépend comment et où on les retrouvera. Mais comment reconnaître le voleur ?... Où les chercher ? À qui les demander ?

GISELLE

Ce ne sera pas difficile ! Je vous les retrouverai si vous voulez.

M. TOCAMBEL

Vous ? Vous savez donc où ils sont ! Vous savez qui les a pris ? »

Giselle s'aperçut que, dans sa joie d'avoir les brodequins tant désirés, elle s'était dévoilée et qu'il lui serait difficile de reculer. Elle rougit beaucoup et répondit avec hésitation :

« Non, je ne sais pas... mais... ils se retrouveront, je pense.

M. TOCAMBEL

Je les chercherai, Giselle, et je crois que je les trouverai. Et vous, mes enfants, ajouta-t-il en se retournant vers sa nombreuse suite, n'accusez plus si légèrement. Ces brodequins auront été emportés avec d'autres objets, et je ne tarderai pas à les retrouver.

GISELLE

Est-ce que vous ne me les donnerez pas, mon bon ami ? Vous me les aviez promis.

— Non, répondit M. Tocambel en la regardant d'un œil sévère. Je veux les garder ; je ne vous les ai pas promis. »

Les enfants, satisfaits du dénouement, se dispersèrent dans le jardin. Giselle voulait rester, mais sa tante de Monclair l'obligea à rejoindre ses amis ou plutôt ses ennemis.

Quand M. Tocambel resta seul avec Léontine et sa tante de Monclair, il s'assit entre elles. Léontine lui serra les mains.

LÉONTINE

Merci mille fois, mon ami, de la manière délicate dont vous avez tout arrangé. J'avoue que, tout en devinant le voleur, je ne comprends rien à la manière d'agir de Giselle. Quels ont pu être son motif et son but ? Une espièglerie, sans doute ; elle les aura cachés.

M. TOCAMBEL

J'espère avoir un peu arrangé la chose vis-à-vis des enfants, mais il en restera une impression fâcheuse pour Giselle, qui est évidemment la coupable. C'est ce que j'irai savoir demain.

LÉONTINE

Quand donc aurai-je le bonheur de la voir corrigée ?

MADAME DE MONCLAIR

Comment veux-tu qu'elle change comme d'un coup de baguette ? Tu l'as gâtée pendant dix ans ; et ton mari plus que toi encore. Crois-tu pouvoir changer en un jour une nature si mal dirigée ! »

Les parents avaient presque tous emmené leurs enfants. Noémi et Pierre étaient revenus près du cercle du salon ; ils causèrent quelque temps de Giselle et de ses défauts, auxquels Léontine ne croyait pas encore beaucoup ; tout le monde était parti ; il était huit heures. Noémi alla faire coucher ses enfants ; la bonne de Giselle l'avait déjà emmenée. Léontine acheva la soirée chez son frère avec sa tante et son vieil ami. Victor n'avait pas reparu.

Chapitre 15

Les brodequins sont retrouvés. Éclair de sagesse

Le lendemain, M. Tocambel entra chez M. de Gerville.

M. TOCAMBEL

Je viens vous demander à déjeuner, Victor ; mais avant d'entrer au salon chez Léontine, je suis venu réclamer mes brodequins à Giselle.

M. DE GERVILLE, *avec embarras*

Vos brodequins ? Quels brodequins ?

M. TOCAMBEL

Ceux que j'ai gagnés hier et que Giselle a cachés sans doute ou emportés par mégarde.

M. DE GERVILLE, *de même*

Giselle ! Comment ça ? je ne comprends pas.

M. TOCAMBEL, *riant*

Si fait, si fait, vous comprenez à peu près. Giselle a succombé à la tentation et je viens reprendre mon bien.

M. DE GERVILLE

Mon cher monsieur.... je suis bien fâché... que vous puissiez croire...

M. TOCAMBEL

Voyons, mon ami, finissons la plaisanterie. Vous êtes... trop bon père, comme toujours. Je réclame mes jolis brodequins, et je viens demander à Giselle de me les rendre. À revoir, mon cher ; à déjeuner. »

M. Tocambel sortit de chez M. de Gerville et alla chez Giselle.

« Giselle, dit-il en entrant, je vous prie de me rendre mes brodequins que vous avez emportés, j'en ai besoin.

GISELLE

Je ne les ai pas ; je ne peux pas vous les rendre.

M. TOCAMBEL

Mais vous les avez pris hier ; j'en suis sûr.

GISELLE

Si je les ai pris, je les garde ; ils ne sont plus à vous.

M. TOCAMBEL

Giselle, prenez garde à ce que vous faites. Je veux que vous me rendiez ce qui est à moi. Si vous me le refusez, je vais de ce pas chercher un sergent de ville, qui vous mènera chez le commissaire de police ; je déposerai ma plainte : on vous mettra en prison, ce qui ne sera pas agréable, je vous le garantis. »

Giselle, effrayée d'abord, se rassura par la pensée que M. Tocambel n'oserait pas faire ce qu'il disait. Elle ne voulut donc ni répondre ni bouger.

M. TOCAMBEL

Je reviens dans un instant, Giselle. Attendez-moi. »

Giselle attendit en effet. Cinq minutes, dix minutes se passèrent ; M. Tocambel ne revenait pas. Au moment où elle s'applaudissait de n'avoir pas cédé, on frappa à la porte. Giselle poussa un cri ; un prétendu sergent de ville à grosses moustaches, à figure terrible, mais sans uniforme, entra : M. Tocambel le suivait, dissimulant avec peine un sourire.

LE FAUX SERGENT

Est-ce là votre voleuse, monsieur ?

M. TOCAMBEL

Oui, sergent, c'est elle ; mais avant de l'arrêter, essayez de me faire ravoir les deux objets volés. Si elle les rend de bonne grâce, je renonce à ma plainte.

LE FAUX SERGENT

Mademoiselle, persistez-vous à refuser ce que vous demande monsieur ?

— Je vais les rendre », répondit Giselle, pâle d'effroi ; ses dents claquaient, ses jambes tremblaient. Elle se traîna à une armoire, l'ouvrit, retira de dessous un paquet de linge les brodequins de M. Tocambel, et les lui remit sans résistance.

Il les prit et sortit immédiatement, accompagné du prétendu sergent de ville.

M. TOCAMBEL

Votre apparition a produit un effet merveilleux, commissionnaire. Voici les cinq francs que je vous ai promis. Merci bien de votre complaisance.

LE COMMISSIONNAIRE

Il n'y a pas de quoi, monsieur. Je suis tout à votre disposition pour d'autres occasions, s'il s'en présente.

M. TOCAMBEL

Je pense bien que je n'userai pas souvent de votre obligeance ; la petite vous a pris pour un vrai sergent de ville ; elle a eu une peur effroyable : c'est ce que je voulais. »

Le commissionnaire sortit ; M. Tocambel entra au salon où il trouva Léontine préparant les cahiers de Giselle.

« Léontine, dit-il en entrant, j'ai été obligé de faire un coup d'État. Figurez-vous que Giselle a commencé par nier tout à l'heure avoir pris hier soir mon lot gagné. Ensuite, elle a refusé de me le rendre. Je ne voulais pourtant pas le laisser à Giselle après la mauvaise action dont elle s'est rendue coupable.

LÉONTINE, *inquiète*

Qu'avez-vous fait, alors ? Quel a été votre coup d'État ?

M. TOCAMBEL, *riant*

J'ai été chercher un sergent de ville...

LÉONTINE, *effrayée*

Ah ! mon Dieu !

M. TOCAMBEL

Ne vous effrayez donc pas ; soyez tranquille ; je suis convenu avec mon faux sergent, qui n'était qu'un commissionnaire, que ce ne serait que pour faire peur à un enfant méchant, et que, si nous ne réussissions pas, il s'en irait tout simplement. Effectivement, quand je l'ai ramené avec moi, Giselle a eu si peur qu'elle m'a rendu de suite mes brodequins. »

Une grande tape dans le dos fit retourner vivement M. Tocambel ; il vit Mme de Monclair qui le regardait avec irritation et colère, mais de ces colères riantes et amicales qui ne blessent ni n'effraient.

MADAME DE MONCLAIR

A-t-on jamais vu un nigaud pareil ? Comment ? À votre âge, avec votre grosse tête, couronnée d'un si magnifique gazon, vous n'avez trouvé rien de mieux à faire que d'effrayer cette enfant à la rendre malade ; que d'attirer l'attention des commissaires de la rue sur la maison de Léontine ; que de faire jaser les concierges et les voisins sur la descente *de la police* chez M. de Gerville ? Je dis et je répète que c'est stupide, absurde, et que si j'étais Léontine, je vous ferais une scène à vous rendre fou.

M. TOCAMBEL

Il n'y a pas besoin de Léontine, pour cela, baronne. Vous y réussirez mieux qu'elle, bien certainement.

MADAME DE MONCLAIR

Vous me le paierez, mon cher ; je ne suis pas encore au bout.

M. TOCAMBEL

Pour Dieu, laissez-moi partir. J'en suis fou d'avance.

MADAME DE MONCLAIR

Non, vous ne partirez pas ; vous déjeunerez ici avec nous, et nous vous agonirons de sottises à chaque bouchée que vous avalerez ; et vous resterez tout le temps que je voudrai ; et je vous emmènerai pour faire des courses, et vous resterez chez moi jusqu'à ce que vous ayez crié grâce.

M. TOCAMBEL

Grâce, grâce, cruelle amie et implacable ennemie ! s'écria M. Tocambel en ployant un genou devant elle et en lui baisant la main ; je demande grâce par avance. »

Un petit soufflet, une chiquenaude sur le nez et une saccade donnée à la perruque pour lui faire faire un demi-tour du front à la nuque furent la réponse et le pardon de Mme de Monclair.

« Et toi, ma pauvre Léontine, continua la tante, ne t'effraie pas des suites de l'absurde invention de notre absurde ami. *(M. Tocambel voulut parler.)* Taisez-vous ; je dis absurde, je maintiens absurde. J'ai passé chez Giselle avant d'entrer chez toi, car j'avais su par la concierge que le père Toc avait fait sa visite domiciliaire avec un commissionnaire qui passait pour un sergent de ville, *pour Mlle Giselle.* J'ai tout de suite deviné le pourquoi de la sottise qu'il avait faite, et j'ai voulu voir si Giselle n'avait pas été trop effrayée de cette étrange visite. Je l'ai trouvée en pleurs.

LÉONTINE

En pleurs ! ma Giselle ! ma pauvre chère enfant ! »

Et Léontine s'élança pour courir chez sa fille. Mme de Monclair l'arrêta.

MADAME DE MONCLAIR

Écoute-moi, ma fille. Tu verras que l'effet de terreur inventé par notre intelligent ami n'a pas fait le mal qu'il espérait.

M. TOCAMBEL

Mais c'est intolérable, ce que vous dites là, baronne ! Je n'y tiens pas ; je m'en vais.

MADAME DE MONCLAIR

Vous écouterez, et vous resterez ; et laissez-moi parler ; et vous ne parlerez que lorsque je vous le permettrai. »

Mme de Monclair le fit asseoir de force et le surveilla de près.

« Je te disais, Léontine, que Giselle pleurait ; mais c'était l'effet de la colère, pas du tout de la frayeur ni de l'émotion. Elle regrettait ses brodequins.

M. TOCAMBEL

Comment, *ses ? Mes* brodequins, vous voulez dire.

MADAME DE MONCLAIR

Laissez-moi donc parler. Quel bavard vous faites ! »

Le pauvre Tocambel joignit les mains, leva les yeux au ciel d'un air tragi-comique et ne bougea plus.

« Elle voulait donc ravoir ses brodequins, quand elle me vit entrer ; je la mis de suite à l'aise ; elle me raconta la méchanceté de son bon ami qu'elle aime tant, son invention de sergent de ville ; Giselle est persuadée qu'il l'aurait emmenée en prison si elle n'avait pas rendu les brodequins. Elle était très bien remise de sa frayeur ; seulement, elle pleurait *ses* brodequins, et je te préviens qu'elle veut demander à son père d'aller lui en acheter d'exactement pareils.

LÉONTINE

Merci, ma tante ; j'espère bien que Victor en trouvera : il demandera à Pierre l'adresse du magasin où il les a achetés.

MADAME DE MONCLAIR

Ha, ha, ha ! voilà une bonne idée ! Comment, Léontine ! Au lieu de punir Giselle de sa conduite d'hier, de celle d'aujourd'hui, tu vas encourager Victor à céder à ce ridicule caprice et à récompenser le vol, le mensonge ?

LÉONTINE, *embarrassée*

Mais, ma tante, ce n'est pas récompenser le mal ; c'est seulement pour rendre à cette pauvre petite les lots que les méchants enfants lui ont enlevés et mis en pièces hier soir.

MADAME DE MONCLAIR

Léontine, tu sais comment les choses se sont passées ; Giselle ne mérite rien qu'une bonne punition, et je ne comprends pas que tu ne le sentes pas de toi-même, sans que je te le dise. Au reste, je t'ai prévenue, je t'ai dit mon avis ; fais comme tu voudras, et ne parlons plus du passé. Je délivre mon prisonnier. Allez, mon bon homme, et surtout ne vous échappez pas. J'aurai réellement besoin de vous.

M. TOCAMBEL

Ce dernier mot suffit pour me clouer à vos côtés, mon aimable ennemie. Je suis à vous jusqu'à la mort ! »

Le déjeuner était prêt. Victor entra avec Giselle,

dont la mine rayonnante et un peu impertinente alarma Mme de Monclair et M. Tocambel.

« Je parie qu'il vient de faire une sottise, dit Mme de Monclair à l'oreille du père Toc.

M. TOCAMBEL

C'est bien mon avis ; l'air de Giselle annonce le triomphe.

MADAME DE MONCLAIR

Il lui aura promis des brodequins.

M. TOCAMBEL

Ou bien il les aura déjà donnés. »

On se mit à table ; Giselle avait un air goguenard que Léontine cherchait vainement à réprimer. La conversation était animée, grâce à l'inépuisable gaieté de Mme de Monclair et à la repartie vive et spirituelle de M. Tocambel.

À la fin du déjeuner on apporta un paquet, qu'on remit à Giselle ; elle l'ouvrit avec empressement, poussa un cri de joie et éleva en l'air une paire de brodequins semblables à ceux qu'elle avait tant désirés.

Léontine se pencha vers sa tante et lui dit quelques mots tout bas.

« Montre-moi tes belles chaussures, Giselle », dit la tante en riant.

Giselle les lui donna.

MADAME DE MONCLAIR

Qui est-ce qui t'a acheté cela ?

GISELLE

C'est mon cher papa, pour me consoler des méchancetés qu'on m'a faites.

MADAME DE MONCLAIR

Charmant, charmant !... J'ai bien envie d'en avoir de pareils.

M. DE GERVILLE

Je vous donnerai l'adresse du marchand, ma tante.

MADAME DE MONCLAIR

C'est que j'ai bien envie de ceux-ci...

GISELLE, *inquiète*

Ah ! mais, c'est impossible, ma tante : ils sont à moi.

MADAME DE MONCLAIR

Qu'est-ce que cela fait ? Tu as bien pris hier ceux de M. Tocambel... Décidément je les garde ; ils sont trop jolis. »

Et Mme de Monclair les mit dans sa poche.

Giselle, surprise, consternée, ne savait quel parti prendre. Elle se tourna vers son père et dit d'une voix larmoyante *: papa !*

M. de Gerville, reprenant courage à cet appel, s'adressa à sa tante :

« C'est une plaisanterie, n'est-ce pas, ma tante ? La pauvre Giselle en est tout effrayée et interdite. Ayez la bonté, ma chère tante, de lui rendre ses brodequins.

MADAME DE MONCLAIR

Mais, mon ami, je fais ce que Giselle a fait hier, avec la différence que ce qu'elle a fait en cachette, je le fais ouvertement, devant vous. Si elle n'a pas mal fait, pourquoi ne ferais-je pas comme elle ? Et si elle a mal fait, pourquoi serait-elle récompensée, et pourquoi ne le serais-je pas comme l'a été Giselle ? Ou bien, pourquoi n'empêcherais-je pas Giselle de recevoir la récompense de sa mauvaise action ? Ces brodequins vous ont coûté trente francs, je le sais. Voici vos trente francs, dont je ne veux pas vous dépouiller ; et je garde les brodequins pour moi.

M. DE GERVILLE, *contenant son humeur*

Il me sera facile d'en acheter d'autres. Ne pleure pas, ma Giselle chérie ; tu les auras.

MADAME DE MONCLAIR

Giselle, si tu veux réparer le mal que tu as fait hier et ce matin, tu as un moyen très simple et qui nous fera oublier à tous ton action honteuse. Refuse ce que t'offre la trop grande bonté de ton papa ; ce sera un acte courageux et généreux ! Tu te relèveras à tes propres yeux, ma pauvre enfant, et quand, plus tard, tu raconteras cette anecdote, tu pourras dire : J'ai fait un beau trait dans mon enfance. »

Giselle, étonnée, était indécise, regardait alternativement sa tante, son père et sa mère. Ces deux derniers baissaient les yeux.

MADAME DE MONCLAIR

Voyons, ma Giselle ; courage, mon enfant ; je n'y vais pas par quatre chemins ; je dis franchement que tu es très coupable, qu'au lieu d'une récompense il te faut une punition ; que, personne n'osant te l'infliger, de peur de te chagriner, tu dois le faire toi-même courageusement, généreusement. Allons, chère enfant, un effort ! ce sera bientôt fait. »

Giselle hésita, pâlit visiblement, rassembla son courage et dit à son père :

« Papa, ma tante a raison : j'ai très mal fait, j'en suis honteuse. Ne m'achetez rien. Mon bon ami, ajouta-t-elle en se tournant vers M. Tocambel, j'ai été bien méchante avec vous ; si vous voulez bien me pardonner cette fois, vous serez bien bon.

M. TOCAMBEL, *embrassant Giselle*

De tout mon cœur, ma chère, très chère enfant.

MADAME DE MONCLAIR

Bien, ma Giselle ; c'est bien, c'est beau ! je suis très contente de toi ; et, pour t'empêcher d'oublier ce jour, qui est un beau jour pour toi, garde le petit présent que je t'offre de grand cœur. Tu l'as gagné, et tu l'auras. »

Mme de Monclair remit à Giselle les brodequins qu'elle avait confisqués. Giselle, enchantée, remercia et embrassa sa tante à rendre jaloux Léontine et Victor, dont les gâteries coupables et maladroites arrêtaient les bonnes dispositions naturelles de leur fille.

MADAME DE MONCLAIR

Et à présent, mes enfants, que ma besogne est faite, que ma petite Giselle s'est réhabilitée, que j'ai du bien à en dire, je vous quitte avec mon fidèle ami et ses brodequins. Soyez sages tous les trois. Vous, père trop indulgent, toi, mère trop complaisante, imitez votre fille, qui a eu le courage d'écouter la voix de sa conscience et de s'infliger une punition qu'elle croyait méritée ; et toi, ma courageuse Giselle, continue à te traiter avec sévérité et justice, pour devenir parfaite. »

Mme de Monclair embrassa Giselle et sortit avec M. Tocambel, qu'elle se mit à persécuter aussitôt qu'ils eurent quitté l'appartement.

« J'aime beaucoup ma tante, dit Giselle au bout d'un instant.

M. DE GERVILLE

Et moi, cher amour, m'aimes-tu ?

— Certainement, papa, répondit Giselle avec froideur.

M. DE GERVILLE

Autant que ta tante j'espère bien ?

— Oui, papa », dit Giselle avec hésitation.

Le père s'aperçut que Giselle avait hésité.

« Giselle, reprit-il avec inquiétude, est-ce que... tu m'aimerais moins que ta tante, par hasard ?

GISELLE, *embarrassée*

Je ne sais pas, papa. Je respecte beaucoup ma tante, et j'ai confiance en elle.

M. DE GERVILLE

Et moi, est-ce que je ne t'inspire pas la même confiance ?

GISELLE, *résolument*

Non, papa, vous me gâtez trop.

M. DE GERVILLE

Je te gâte, je te gâte trop ! Mais ne vois-tu pas que, lorsque je cède à tes demandes, c'est par tendresse pour toi, pour te faire plaisir.

GISELLE

Je le sais bien ; mais je sais bien aussi que j'ai tort ; et que vous ne me le dites pas ; et que, vous aussi, vous avez tort de me laisser faire ; et que vous me faites du mal au lieu de me faire du bien ; et c'est pourquoi je n'ai pas confiance en vous comme en ma tante.

M. DE GERVILLE

Alors, tu n'as pas confiance non plus en ta maman ?

GISELLE

Un peu, parce que quelquefois elle m'a empêché de mal faire ; mais pas toujours, pas souvent.

M. DE GERVILLE

Oh ! Giselle, comme tu es ingrate pour nous, et surtout pour moi !

GISELLE

Non, papa, je ne suis pas ingrate ! Je vous aime beaucoup ; mais... Je ne sais comment expliquer ce que j'éprouve... Je vous aime, mais il me semble que je n'ai pas pour vous le respect que j'ai pour ma tante. »

M. de Gerville ne répliqua rien ; sa conscience lui faisait très bien comprendre ce que Giselle ne pouvait lui expliquer. Il avait perdu l'estime de sa fille ; elle l'aimait comme on aime quelqu'un de dévoué, de complaisant, qui se rend utile, mais auquel on ne pense pas quand on n'en a pas besoin.

Léontine n'avait rien dit ; son cœur lui faisait tout comprendre. Elle sentait ses torts, elle les déplorait, et la force lui manquait pour se réformer. Elle était un peu jalouse de l'influence de sa tante sur Giselle ; et pourtant sa raison lui faisait comprendre que si elle avait eu la même franchise, la même fermeté, sa fille l'aurait aimée et respectée comme Mme de Monclair.

Giselle examinait son père et sa mère ; quand elle vit des larmes dans les yeux de sa mère, elle alla près d'elle, l'embrassa.

« Maman, dit-elle, n'est-il pas temps que je prépare mes leçons pour Mlle Rondet ? Elle va venir dans une heure.

LÉONTINE

Oui, ma Giselle ; tu es bien gentille d'y avoir pensé. À revoir, Victor. Venez nous prendre à deux heures, pour nous mener à l'Exposition. »

Victor ne répondit pas ; il était resté les coudes appuyés sur la table, la tête soutenue dans ses mains. Léontine fit signe à Giselle de sortir et s'approcha de son mari.

« Victor, mon ami, tu souffres comme moi des paroles de Giselle ?

M. DE GERVILLE

Oh ! Léontine, que ces paroles ont été dures et terribles ! Après tout ce que nous avons fait pour elle !

LÉONTINE

Nous en avons trop fait, mon ami. Elle nous l'a dit elle-même ; tu l'as entendu. Elle ne nous respecte pas, parce que nous manquons à notre devoir en ne la dirigeant pas. Mais il est temps encore de retrouver son respect et son affection. Soyons plus fermes, plus sages.

M. DE GERVILLE, *impatienté*

Ce qui veut dire, Léontine, que tu veux la rendre malheureuse en la contrariant sans cesse. Je ne peux pas la gronder, lui tout refuser. Cela m'est odieux et impossible. »

Léontine expliqua à son mari ce qu'elle attendait de lui ; elle lui prouva que Giselle n'en serait que plus heureuse. Elle finit par en obtenir la promesse de ne rien accorder de ce qu'elle aurait défendu ou refusé, de ne pas approuver ce qu'elle aurait blâmé. Léontine quitta son mari, après l'avoir rassuré sur l'affection de sa fille.

Chapitre 16

Nouvelles méchancetés du cher ange. La mère faiblit encore

Les jours suivants se passèrent assez bien ; sauf quelques petites gâteries mystérieuses du père, sauf quelques faiblesses presque imperceptibles de la mère, tout alla régulièrement ; Giselle ne se laissa pas aller à de grandes colères, à des impertinences trop marquées, à des résistances trop soutenues. Léontine redevenait triomphante ; elle recevait les compliments de sa tante, de son frère, de ses sœurs. Giselle perdait de sa physionomie arrogante, moqueuse, révoltée ; on commençait enfin à croire à une réforme complète. Le père redisait sans cesse : « Quel amour d'enfant ! » La mère l'appelait plus que jamais son cher ange, son cher amour. Et Giselle n'en abusait pas !

Mlle Rondet n'avait non plus porté aucune plainte contre Giselle. Un jour, jour fatal, Mlle Rondet entra chez Léontine d'un pas précipité, l'air mécontent, le regard irrité, les lèvres serrées.

Léontine trembla : « Hélas ! pensa-t-elle, il y a quelque chose de grave. »

« Que désirez-vous, chère mademoiselle ? lui demanda Léontine de son air le plus gracieux, de son sourire le plus bienveillant, afin de l'adoucir par avance.

MADEMOISELLE RONDET

Je prie madame de lire ce papier que j'ai trouvé en rangeant les cahiers de Mlle Giselle. »

Léontine prit le papier et lut :

PORTRAIT DE MADEMOISELLE RONDET

« Mlle Rondet est une bête.

« Mlle Rondet est un hérisson.

« Mlle Rondet est une vipère.

« Mlle Rondet est un crapaud.

« Mlle Rondet est un bouledogue.

« Mlle Rondet est un diable. Elle est laide comme un diable, méchante comme un diable ; je la déteste comme un diable ; elle m'ennuie, elle m'embête, elle m'assomme. »

Léontine était atterrée. Comment expliquer cette nomenclature injurieuse ? Comment excuser Giselle et calmer Mlle Rondet ?

« Ma chère demoiselle, balbutia enfin Léontine, Giselle est si jeune ! C'est une espièglerie, un enfantillage ; pardonnez-le-lui, je vous en prie.

MADEMOISELLE RONDET

Je ne demande pas mieux que de le lui pardonner, madame, mais il faut au moins qu'elle m'en témoigne ses regrets, et qu'elle redouble de docilité et d'application pour me faire oublier cette impertinence.

LÉONTINE

Mon Dieu, chère mademoiselle, il ne faut pas croire que ce soit de l'impertinence. Giselle ne pensait pas que vous puissiez jamais voir ce papier ; c'est un enfantillage ; ne croyez pas qu'il y ait eu d'intention méchante, je vous en prie. Elle est devenue si bonne !

MADEMOISELLE RONDET

Elle est certainement améliorée, madame ; mais il y a du relâchement depuis deux ou trois jours ; elle n'obéit pas ; ses devoirs sont mal faits ; je suis obligée de gronder, et c'est probablement ce qui m'a valu cette jolie page de son écriture.

LÉONTINE

Je vais lui parler, chère mademoiselle ; et je vous l'enverrai repentante et docile. »

Mlle Rondet se retira à moitié satisfaite. Léontine sonna.

« Dites à Mlle Giselle qu'elle vienne me parler de suite », dit Léontine.

Deux minutes après, Giselle entra.

GISELLE

Vous me demandez, maman ? Je suis accourue bien vite, comme vous voyez.

LÉONTINE

Tu es bien gentille, cher amour. Dis-moi, mon ange, pourquoi as-tu écrit tout ceci sur cette feuille que Mlle Rondet vient de m'apporter ? »

Léontine lui fit voir le papier.

GISELLE, *s'en emparant*

Ah ! mon Dieu ! elle l'a trouvé ? Pourquoi aussi va-t-elle fouiller dans mes tiroirs ? Je ne veux pas qu'elle les ouvre et je vais le lui défendre.

LÉONTINE

Giselle ! ma Giselle chérie ! comment parles-tu ? *Lui défendre !* Est-ce que tu as le droit de lui défendre quelque chose ?

GISELLE

Je ne veux pas qu'elle touche à mes affaires.

LÉONTINE

Mais, chère enfant, il faut bien qu'elle regarde à tes cahiers, qu'elle les corrige en t'attendant, qu'elle voie s'ils sont bien rangés.

GISELLE

Est-elle bien furieuse ?

LÉONTINE

Furieuse, non, mais très mécontente ; elle compte que tu lui feras des excuses.

GISELLE

Ah ! par exemple ! Des excuses ! Elle les attendra longtemps, mes excuses. Je dois porter ce papier aux Champs-Élysées ; toutes mes amies doivent apporter aussi les portraits de leurs maîtresses ; nous lirons tout ça ; ce sera très amusant.

LÉONTINE

Oh ! Giselle ! ne fais pas cela, mon enfant ! Ce serait très mal. Si les maîtresses viennent à le savoir, elles seront furieuses pour le coup et elles ne voudront plus vous donner de leçons.

GISELLE

Ah ! il n'y a pas de danger ; elles meurent de faim !

LÉONTINE

Vois comme tout cela est mauvais. Vous manquez toutes de respect et de reconnaissance envers vos maîtresses, parce que vous croyez qu'elles ont besoin de vos leçons pour vivre. D'abord cela n'est pas ; elles ont beaucoup d'autres élèves ; et quand cela serait, n'es-tu pas honteuse de profiter de la pauvreté d'une personne bien élevée, instruite, complaisante, pour l'humilier, la peiner, parce que tu la crois sans défense ?

GISELLE

Je ne dis pas, mais je ne veux pas lui faire d'excuses.

LÉONTINE

Mais, Giselle, comment veux-tu qu'elle continue à te donner des leçons, après avoir trouvé et lu ce papier ?

GISELLE

Qu'elle fasse semblant de l'avoir oublié.

LÉONTINE

C'est impossible, mon enfant ! Impossible ! Voyons, Giselle ! va lui dire en l'embrassant que tu es bien fâchée de lui avoir fait de la peine ; que c'était pour rire, pour t'amuser que tu as écrit ces bêtises.

GISELLE

Je ne veux pas l'embrasser ; elle sent trop mauvais.

LÉONTINE, *souriant*

Eh bien, ne l'embrasse pas. Dis-lui quelque chose d'aimable, qui ressemble à des excuses. »

Giselle ne répondit pas ; elle quitta sa mère d'un air boudeur et entra dans la chambre d'étude. Léontine écoutait et n'entendait rien. Quelques instants après, Mlle Rondet rentra.

« Madame, je viens vous annoncer qu'à mon grand regret il m'est impossible de continuer les leçons de Mlle Giselle...

LÉONTINE

Comment ? Pourquoi ? Giselle ne vous a-t-elle pas fait des excuses qui devaient lui faire pardonner son enfantillage ?

MADEMOISELLE RONDET

Les excuses de Mlle Giselle aggravent sa faute, madame. Elle m'a dit : « Mademoiselle, je suis bien fâchée que vous ayez trouvé et lu ce papier que vous avez montré à maman. Vous n'auriez pas dû fouiller dans mes tiroirs ; je ne veux pas que vous touchiez à mes affaires. Ce n'est pas pour vous que j'avais écrit ce papier : c'est pour mes petites amies des Champs-Élysées. »

« Vous pensez bien, madame, que je ne puis accepter la position que j'aurais à l'avenir près de Mlle Giselle. Je vous prie donc, madame, de vouloir bien régler nos comptes, car je ne pense plus revenir chez vous.

— J'en suis désolée, chère demoiselle », répondit tristement Léontine.

Elle alla prendre de l'argent dans son bureau.

« C'est dix leçons que je vous dois, mademoiselle, voici soixante francs. Croyez à tous mes regrets de perdre vos excellentes leçons pour ma fille. »

Mlle Rondet salua et sortit.

Léontine entra dans la chambre d'étude. Il n'y avait

personne. Elle dit au domestique d'aller chercher Mlle Giselle.

« Mademoiselle Giselle, votre maman vous demande, dit le domestique en entrant chez Giselle.

GISELLE

Dites à maman que je suis sortie ! je pars à l'instant avec ma bonne.

LE DOMESTIQUE

Mais, mademoiselle, puisque vous n'êtes pas encore sortie, il faut toujours que vous alliez parler à madame qui vous demande.

GISELLE

Du tout, du tout, je sais pourquoi maman me demande, c'est à cause de cette sotte Mlle Rondet ; ce n'est pas pressé du tout. Allez, Henri, allez ; et dites bien ce que je vous dis, sans quoi... »

Giselle n'acheva pas ; un doigt menaçant compléta sa pensée.

« Sans quoi je vous ferai chasser, se dit en lui-même Henri. C'est toujours le même gentil caractère. »

Henri exécuta les ordres de Giselle et annonça que Mademoiselle était sortie.

« Sortie ! C'est singulier ! dit Léontine. Pourquoi s'est-elle tant pressée ? »

Léontine alla chez son mari. Il était occupé à faire des comptes.

LÉONTINE

Victor, nous voici encore dans un grand embarras grâce à Giselle. Mlle Rondet est partie.

M. DE GERVILLE

Qu'est-ce que cela fait ?

LÉONTINE

Comment, ce que cela fait ? Giselle n'aura plus de leçons.

M. DE GERVILLE

Je ne vois pas grand mal à cela ; elle est raisonnable, elle peut travailler avec vous.

LÉONTINE

Impossible ! elle ne m'écoute pas.

M. DE GERVILLE

Alors, rendez-lui Mlle Rondet.

LÉONTINE

Mais puisque Mlle Rondet ne veut plus venir ; Giselle a écrit cinquante sottises contre elle, et de plus elle ne veut pas lui faire des excuses.

M. DE GERVILLE

Que voulez-vous que j'y fasse ? Prenez une autre maîtresse.

LÉONTINE

Victor, que tu es désagréable ! Au lieu de me donner un conseil, tu prends la chose avec une indifférence incroyable.

M. DE GERVILLE, *l'embrassant*

Voyons, Léontine, ne me gronde pas, et raconte-moi ce qui est arrivé. »

Léontine lui raconta en détail ce qui venait de se passer.

« Que faire maintenant ? Je ne veux pas laisser Giselle injurier ses maîtresses sans la punir.

M. DE GERVILLE

Punir ! punir ! tu n'as que ce mot à la bouche. La faire pleurer ! la tourmenter ! pour quelques drôleries écrites dans un moment d'humeur contre une sotte femme qui ne sait pas la prendre et qui ne lui passe rien. Laisse tout cela. La Rondet est partie ; cherches-en une autre et dis à Giselle de ne pas recommencer. Voilà tout.

LÉONTINE

Mais, Victor, si je ne la punis pas de son impertinence, Giselle recommencera avec une autre. Et puis elle en fera autant vis-à-vis de nous.

M. DE GERVILLE

Mais non, mais non ! sois donc tranquille ! Une maîtresse, ce n'est pas comme un père et une mère.

LÉONTINE

Ah ! Victor, tu as bien vite oublié ce que t'a dit Giselle il n'y a pas quinze jours !

M. DE GERVILLE

Je n'ai rien oublié ; mais je ne veux pas que ma fille soit malheureuse chez moi ! Et je te prie sérieusement, Léontine, de ne pas prendre au tragique une espièglerie dont tous les enfants se rendent coupables.

— Que faire, mon Dieu, que faire ? s'écria tristement Léontine. Je vais aller voir Pierre et ma tante de

Monclair. Ils me diront si je dois fermer les yeux ou punir. »

Et sans attendre la réponse de Victor, Léontine alla mettre son chapeau et son mantelet.

Elle ne tarda pas à arriver chez son frère, qu'elle mit au courant des nouveaux méfaits de Giselle. Pierre réfléchit quelque temps, ne sachant quel conseil donner devant la faiblesse persévérante de Victor et la volonté si chancelante de Léontine.

PIERRE

Il y aurait bien un moyen à employer ; mais c'est un grand parti à prendre ; ni Victor ni toi-même vous n'en aurez le courage.

LÉONTINE

Quoi donc ? Quoi donc, Pierre ? Que veux-tu dire ? De quel parti parles-tu ?

PIERRE

De mettre Giselle au couvent jusqu'après sa première communion ; elle a près de onze ans, elle aurait deux années de couvent qui lui feraient grand bien ; elle en sortirait corrigée de sa désobéissance, de sa violence et de son impertinence.

LÉONTINE

Jamais, jamais. Pierre ! Non, jamais je ne me séparerai de ma fille.

PIERRE

Dans ce cas, il faut que tu te résignes ou bien à être plus que ferme, en raison des habitudes prises dès l'enfance de Giselle et qui sont difficiles à réformer ; ou bien à laisser Giselle faire toutes ses volontés et devenir de plus en plus mauvaise, impertinente et insupportable. Choisis entre les deux ; il n'y a pas d'autre résultat possible.

LÉONTINE

Pierre, tu es trop décourageant ; je vais aller voir ma tante de Monclair ; elle me donnera un conseil moins dur que le tien.

PIERRE

Essaie, ma bonne Léontine. Tant mieux si elle peut te venir en aide avec des moyens plus doux. Mais le mal est ancien ; il date presque de la naissance de Giselle ; la réforme n'est pas facile.

— Papa, papa, s'écria Georges qui entra en courant, Giselle est arrivée ; elle est pleine de boue et d'égratignures. Tous les enfants l'ont battue ; elle criait ; ma bonne l'a emmenée, elle est dans la chambre. »

Léontine poussa un cri et se précipita dans le corridor qui menait chez les enfants ; Pierre la suivit ; Georges courut après ; cet événement si extraordinaire l'intéressait beaucoup.

Quand Léontine entra chez les enfants, on venait d'enlever à Giselle sa robe pleine de boue ; la bonne voulait lui laver le visage, mais Giselle criait, se débattait, Pierre la saisit, et malgré sa résistance il lui lava la figure à grande eau. Il vit alors qu'il n'y avait aucune blessure sérieuse, mais que les égratignures étaient en nombre considérable.

Léontine, plus morte que vive, voulut l'embrasser, la serrer dans ses bras, mais Giselle la repoussait et ne voulait même pas répondre à ses nombreuses questions.

La bonne de Georges et d'Isabelle parvint enfin à se faire entendre.

LA BONNE

Quand Mlle Giselle est arrivée aux Champs-Élysées, monsieur, il y avait beaucoup d'enfants qui jouaient ; les miens en étaient. Mlle Giselle avait apporté un papier, qu'elle a lu aux plus grands ; les uns riaient, les autres lui faisaient des reproches. Ensuite, Mlle Giselle a proposé, à ce qu'il paraît, de faire les portraits des papas et des mamans ; les autres n'ont pas voulu. Mlle Giselle s'est mise à faire le portrait de son papa, mais je n'oserais pas le répéter, car c'est trop vilain ; elle a ensuite voulu faire celui des papas de ces enfants. Ils se sont fâchés, elle a continué malgré leur défense et leurs menaces. Ils se sont alors tous jetés sur elle pour la faire taire de force ; elle s'est roulée dans un endroit qu'on venait d'arroser et qui était plein de boue ; en se roulant elle continuait à crier des sottises sur les parents des enfants ; la colère les a pris ; ils ont voulu lui fermer la bouche avec leurs mains, et comme elle se débattait, elle a attrapé pas mal de coups d'ongle, comme monsieur peut le voir sur sa figure.

PIERRE

Mais où était donc sa bonne quand tout cela a commencé ?

LA BONNE

Elle était allée faire une commission ; elle m'avait priée de garder Mlle Giselle avec les miens. C'est qu'elle n'est pas trop facile à garder. Elle s'échappe malgré vous. Et je ne pouvais pas laisser mes pauvres petits dans la foule, pour courir après elle ; de sorte que j'étais bien embarrassée quand je l'ai vue roulée et secouée par ces enfants, filles et garçons, qui étaient hors d'eux de colère, d'entendre insulter leurs parents, et puis indignés qu'ils étaient déjà des injures dites à M. de Gerville et à la maîtresse Mlle Rondet, que plusieurs de ces enfants connaissent et aiment bien. J'ai confié mes enfants à un sergent de ville, un brave homme que mes enfants aiment beaucoup et qui les connaît depuis longtemps, et j'ai couru délivrer Mlle Giselle. Le sergent m'a aidée à les ramener ici, et je l'ai prié de prévenir la bonne que Mlle Giselle était chez nous.

LÉONTINE

Comment cette vilaine Émilie a-t-elle pu abandonner ma pauvre Giselle à ces méchants enfants ?

LA BONNE

Il paraît que c'est mademoiselle qui lui avait donné l'ordre d'aller lui acheter quelque chose qu'elle voulait avoir. Du reste, ces enfants ne sont pas méchants, madame : ils jouent entre eux et avec les miens très gentiment, mais c'est que la colère les a pris quand ils ont entendu Mlle Giselle parler de leurs parents comme elle l'a fait.

LÉONTINE

Souffres-tu beaucoup, mon pauvre ange ?

— Horriblement, répondit Giselle qui ne souffrait que très légèrement.

PIERRE, *avec indignation*

Tant mieux, méchante enfant. Je voudrais te voir souffrir bien réellement, et au lieu de ces égratignures qui ne sont rien, te voir défigurée, pour mettre ton visage en rapport avec ta vilaine âme et ton méchant cœur !

LÉONTINE

Oh ! Pierre, que tu es cruel !

PIERRE, *vivement*

Cruel ! pour une petite malheureuse qui a la méchanceté d'injurier son père cent fois trop bon pour elle, et de blesser les bons sentiments de ces pauvres enfants que j'aime et que j'estime pour avoir maltraité et battu ta méchante Giselle.

— Habillez Giselle, que je l'emmène ! dit Léontine hors d'elle. Nous ne pouvons pas rester ici.

PIERRE

Tu as raison. Va continuer ton œuvre chez toi, aidée de ton mari. Venez, mes chers petits, venez voir votre maman et vos bonnes tantes. »

Pierre sortit avec ses enfants sans même jeter un regard sur Léontine et sur Giselle. Aussitôt que Giselle fut habillée, Léontine l'emmena. Quand elle rentra à la maison, son mari était sorti. La bonne n'était pas rentrée ; Léontine fut obligée de garder Giselle.

Elle aurait voulu pourtant se recueillir et penser froidement et sensément à la conduite de Giselle ; mais la présence de sa fille la troublait, et elle remit à plus tard la tâche de débrouiller les torts de chacun.

Chapitre 17

Giselle veut entrer au couvent

Giselle ne se sentait pas à l'aise ; sa mère ne lui avait encore rien dit, ni de son impertinence envers Mlle Rondet, ni de sa sortie précipitée avec sa bonne, ni des scènes qui s'étaient passées aux Champs-Élysées. Il était impossible qu'elle ne lui parlât pas ; elle craignait les interrogations et les reproches de sa mère, dont la physionomie indiquait la tristesse et le mécontentement.

Giselle était donc assise à l'autre bout de la chambre, loin de Léontine ; elle faisait semblant de lire, mais elle ne lisait pas.

Léontine, de son côté, paraissait fort occupée à parcourir un livre, mais elle pensait à Giselle, elle cherchait à se persuader que son cœur était bon, que son affection pour ses parents était vive et sincère, que les *petits* défauts de son caractère s'effaceraient par le raisonnement et les années. Elle se sentait très irritée contre Pierre, qu'elle trouvait cruel et absurde. Son conseil de mettre Giselle au couvent la révoltait.

Absorbée par ses pensées, elle ne vit pas et n'entendit pas sa tante Monclair entrer dans sa chambre. Voyant Léontine si absorbée, Mme de Monclair fit signe du doigt à Giselle de la suivre et de sortir sans bruit. Giselle se leva doucement et suivit sa tante dans le salon.

MADAME DE MONCLAIR

Giselle, mets-toi là, et réponds-moi sincèrement. Je commence par te dire que je sais tout : j'ai vu Mlle Rondet chez la petite de Mouny qui était avec toi aux Champs-Élysées ; j'ai vu Lucie de Ternac, elle y était aussi. J'ai vu ton oncle Pierre et la bonne de tes cousins ; je suis donc au courant de tout ce qui s'est passé. Tu as très mal agi en tout et partout : avec Mlle Rondet, tu as agi méchamment, sottement, lâchement ; avec tes amies des Champs-Élysées, tu as été, à propos de leurs parents, grossière, méchante, mal élevée ; vis-à-vis de ton pauvre père, tu as été ingrate, révoltante, abominable. Voilà pour le passé. Je veux savoir maintenant ce que tu sens, ce que tu penses, ce que tu crains, ce que tu espères. Pour commencer par le commencement, dis-moi pourquoi tu as écrit ces injures contre Mlle Rondet.

GISELLE

Parce que je m'étais trop contenue pendant la dernière leçon ; elle m'avait ennuyée en me faisant recommencer vingt fois une phrase que j'avais mal faite, disait-elle. Elle m'avait taquinée tout le temps ; pour me venger, j'ai écrit ce papier, qu'elle a trouvé dans mon tiroir.

MADAME DE MONCLAIR

Pourquoi l'as-tu fait voir à tes amies ?

GISELLE

Parce que je leur en avais parlé la veille ; elles ont trouvé l'idée drôle, et nous devions toutes lire ces portraits aux Champs-Élysées, ce matin.

MADAME DE MONCLAIR

Et aucune de vous n'a songé à la méchanceté d'une pareille lecture ?

GISELLE

Non, ma tante ; je ne trouve pas que ce soit méchant. Elles nous ennuient tant ces maîtresses, qu'il faut bien s'en venger un peu.

MADAME DE MONCLAIR

Elles vous ennuient pour votre bien, en vous instruisant ; et vous les perdez de réputation en les calomniant. Pourquoi as-tu eu la même méchante pensée pour ton pauvre papa ?

GISELLE

Parce que.... je n'ose pas vous le dire, ma tante ; vous me gronderez.

MADAME DE MONCLAIR

Non, Giselle, non ; jamais je ne te gronderai pour une explication franche et vraie. Parle sans crainte ; tu es ici comme à confesse ; rien de ce que tu me diras ne sera redit qu'avec ton consentement et ne te vaudra le moindre reproche.

GISELLE

Hé bien, ma tante, c'est que je n'aime pas beaucoup papa ; il me gâte tellement que je n'aime pas à être avec lui ; je n'aime pas à me promener avec lui de peur de rencontrer mes amies, qui se moquent de ses gâteries. Je ne peux pas venir à bout de l'aimer ; il m'aime trop, et je sens qu'il me fait du mal. »

Mme de Monclair ne répondit pas ; elle resta

quelques instants le visage caché dans ses mains ; Giselle crut l'entendre dire à mi-voix : Quelle punition !

« Et ta mère, dit enfin Mme de Monclair, ta pauvre mère, l'aimes-tu, Giselle ? »

Giselle rougit beaucoup et baissa la tête.

MADAME DE MONCLAIR

Dis-moi franchement, Giselle, aimes-tu ta mère ?

GISELLE

Un peu, ma tante.

MADAME DE MONCLAIR

Et pourquoi pas beaucoup ? Elle est pourtant bien bonne pour toi.

GISELLE

Certainement, ma tante, mais... vous allez me gronder, j'en suis sûre.

MADAME DE MONCLAIR

Non, non, ma fille ; n'aie pas peur. Je te jure que je ne te gronderai pas, quoi que tu dises !

GISELLE

Hé bien ! voilà, ma tante. Maman est très bonne, mais elle a peur de moi ; elle m'appelle son ange, son cher ange, son amour, quand elle sait très bien que je ne suis ni un ange ni un amour, mais elle a peur que je n'éclate, que je me mette en colère ; elle n'ose pas me gronder, me punir, me dire même que je fais mal ou que j'ai mal fait ; ce n'est pas autant que papa, mais c'est un peu comme papa ; et alors cela me déplaît ; je n'aime pas cela, et je me moque d'eux dans mon cœur et dans ma tête. Et alors cela m'empêche de les aimer tout de bon.

MADAME DE MONCLAIR

Mais, Giselle, comprends-tu combien ta conduite a été coupable aujourd'hui, et le chagrin qu'en éprouve ta mère et qu'en aura ton père ?

GISELLE

Oui, ma tante, je le sais bien ; cela m'est désagréable, mais cela ne m'afflige pas ; si je pouvais m'en aller pendant quelque temps, j'en serais bien aise, parce que cela m'ennuie de les voir tristes, surtout maman. Pour papa, cela m'impatiente.

MADAME DE MONCLAIR

Pauvre Giselle ! comme ton cœur est endurci ! Ma pauvre fille, veux-tu te corriger ? Le veux-tu sincèrement ?

GISELLE

Oui, ma tante ; mais c'est si difficile ! et c'est si agréable de faire toutes mes volontés, de n'être jamais contrariée !

MADAME DE MONCLAIR

Tu n'es pas contrariée, mais personne ne t'aime, ma pauvre enfant ; tes amis même te fuient ; ceux que tu as tant choqués aujourd'hui se sont concertés pour ne plus jouer avec toi ; ils veulent aller se promener ailleurs qu'aux Champs-Élysées pour ne pas te rencontrer. Est-ce une vie agréable que tu mèneras ?

GISELLE

Ce sera fort ennuyeux pour moi, ma tante ; mais

que voulez-vous que j'y fasse ? Ce n'est pas ma faute si papa et maman m'ont gâtée et m'ont rendue mauvaise.

MADAME DE MONCLAIR

Giselle, Giselle, tais-toi, je t'en prie ; ne te rends pas plus mauvaise encore en rejetant tes fautes sur tes pauvres parents.

« Mais une dernière question. Veux-tu aller au couvent pour deux ans, jusqu'à ta première communion ?

GISELLE, *effrayée*

Au couvent ! Non, non, je ne veux pas aller au couvent ; c'est trop triste, trop ennuyeux. J'aime encore mieux rester avec maman. Ne conseillez pas à maman de me mettre au couvent ; je vous en supplie, ma tante.

MADAME DE MONCLAIR

Je ne le lui conseillerai pas, Giselle, parce que je suis sûre que tu n'y resterais pas.

GISELLE

Vous avez bien raison ; je m'en échapperais aussitôt que je trouverais une porte ouverte.

MADAME DE MONCLAIR

Ce n'est pas cela que j'entendais ; je voulais dire qu'on te renverrait du couvent.

GISELLE

Me renvoyer ! Ah ! par exemple ! si les religieuses croient que je me laisserai renvoyer comme une pauvresse !

MADAME DE MONCLAIR

Il faudrait bien t'en aller, si elles le voulaient.

GISELLE

Pas du tout ! Je m'arrangerai si bien qu'elles ne pourront pas me renvoyer.

MADAME DE MONCLAIR

C'est ce que nous verrons si tu y entres. Tu ne seras pas la plus forte, je t'en préviens.

GISELLE

Quand je veux quelque chose, ça se fait. Et si je veux entrer au couvent, on ne m'en fera pas sortir.

MADAME DE MONCLAIR

Tu en sortiras, ma fille, c'est moi qui te le dis. »

Mme de Monclair quitta le salon : « Je la tiens ! se dit-elle, pourvu que les parents me laissent faire ! En la taquinant un peu sur sa sortie forcée du couvent, elle y entrera pour nous faire pièce, et elle prendra l'habitude d'obéir, de céder, de travailler ; on lui parlera religion, charité, douceur et bonté ; et dans deux ans nous aurons une Giselle corrigée. »

« Léontine », dit Mme de Monclair en entrant chez sa nièce.

Léontine tressaillit et se retourna ; elle n'avait pas bougé depuis que Giselle était partie.

MADAME DE MONCLAIR

Léontine, il faut que tu obtiennes de ton mari de nous laisser faire pour ce qui touche à Giselle.

LÉONTINE

Ce ne sera pas difficile, ma tante ; il est découragé et très disposé à ne plus s'en mêler.

MADAME DE MONCLAIR

Très bien ; alors nous allons nous mettre à l'ouvrage. Veux-tu m'abandonner la direction de Giselle pendant deux ans ? »

Léontine pâlit. « Vous abandonner Giselle ! ma fille ! mon unique enfant ! Oh ! ma tante ! »

Léontine fondit en larmes.

Mme de Monclair calma ce chagrin par de douces paroles, mais fermes et sages. Elle lui raconta, mais sans tout dire, le résultat de sa conversation avec Giselle, la nécessité urgente de mettre Giselle au couvent, le moyen de l'y faire rester. Après un long débat, après beaucoup de larmes répandues, Léontine consentit enfin à seconder le plan de sa tante et l'autorisa à tout arranger avec Giselle.

MADAME DE MONCLAIR

Il faut battre le fer pendant qu'il est chaud ; je vais aller chercher Giselle, et tu vas voir que c'est elle qui t'obligera à la laisser entrer au couvent.

LÉONTINE

C'est impossible, ma tante : nous allons avoir une scène dans le sens contraire.

MADAME DE MONCLAIR

Tu vas voir. »

Mme de Monclair ouvrit la porte du salon. Giselle y était encore, pensive et l'air irrité.

« Giselle, ma pauvre fille, je crains que nous ne

soyons obligées de céder ; ta maman a beaucoup de chagrin de se séparer d'avec toi ; elle craint que tu ne te fasses renvoyer du couvent avant un mois, et pour t'éviter cette humiliation elle préfère te garder et t'élever avec l'aide de papa ; viens la voir ; tu seras probablement obligée de rester ici ; au reste tu ne sera pas malheureuse, tu travailleras avec maman et tu te promèneras avec papa.

GISELLE

Je ne veux pas travailler avec maman ni me promener avec papa ; je veux aller au couvent.

MADAME DE MONCLAIR

Pour quoi faire, puisque tu te feras renvoyer ?

GISELLE

Je ne me ferai pas renvoyer ; je vous l'ai déjà dit, ma tante.

MADAME DE MONCLAIR, *allant à Léontine*

Voyons Léontine, accorde-lui ce qu'elle te demande, puisqu'elle te promet de ne pas se faire chasser.

GISELLE

Je vous en prie, maman, essayez ; vous verrez que je serai si sage...

LÉONTINE

Toi, sage ! Allons donc ! c'est impossible !

GISELLE

Je veux entrer au couvent, et j'y entrerai.

LÉONTINE

Et que dira ton papa ?

GISELLE

Papa ne dira rien du tout, quand il saura que je le veux.

LÉONTINE

Écoute, si tu le veux absolument...

MADAME DE MONCLAIR

Bon, elle consent. Viens vite, Giselle, viens avec moi ; nous allons monter en voiture, nous irons visiter le couvent des Oiseaux et celui du Sacré-Cœur ; et si l'un des deux te plaît, nous prendrons nos arrangements, nous irons faire des emplettes pour ton trousseau et tes petites fantaisies, et nous viendrons donner une réponse à maman. »

Giselle, enchantée, embrassa fortement sa tante ; elle sentit un mouvement de pitié pour sa mère, se jeta à son cou et l'embrassa plusieurs fois en répétant :

« Merci, merci, ma chère maman ; je vois à présent que vous m'aimez bien réellement ; je serai heureuse au couvent, je serai bonne, obéissante, et je ne me ferai pas renvoyer.

LÉONTINE

Je crois, moi, qu'avant quinze jours tu seras ici, bien heureuse d'être chassée de ton couvent.

MADAME DE MONCLAIR

Ne réponds pas, Giselle, ne réponds pas ; va vite mettre ton chapeau et reviens me chercher. »

Giselle disparut avec la légèreté d'un oiseau.

MADAME DE MONCLAIR, *riant*

Eh bien, Léontine, qu'en dis-tu ?

LÉONTINE

C'est incroyable ! C'est merveilleux ! Je n'en reviens pas. Mais, ma tante, que c'est dur, que c'est douloureux de la voir si heureuse de me quitter !

MADAME DE MONCLAIR

Ne t'en plains pas, ne t'en plains pas ma Léontine ; elle va chercher au couvent le cœur qui lui manque pour le moment ; elle comprend qu'elle est ignorante, qu'elle se fait détester par ses amies et sa famille ; son amour-propre en souffre, et de plus elle s'ennuie : elle te reviendra changée du tout au tout ; elle t'aimera de tout son cœur, et elle fera ta consolation au lieu d'être ton tourment. Et si elle te voit pleurer, dis-lui que c'est de chagrin de la honte qu'elle se prépare en se faisant chasser.

GISELLE

Me voici, ma tante ; je suis prête. Partons vite. Adieu, maman ; à revoir.

MADAME DE MONCLAIR

Me voilà prête à te suivre. À revoir, Léontine. Il est quatre heures : nous reviendrons vers sept heures : je dînerai chez toi. »

Mme de Monclair et Giselle disparurent ; Léontine resta seule avec son chagrin et son remords. Elle résolut d'aller chez Pierre pour lui faire ses excuses de son irritation injuste du matin.

Chapitre 18

Surprise et indignation de M. de Gerville

Mme de Monclair et Giselle visitèrent les Oiseaux et le Sacré-Cœur : Giselle préféra les Oiseaux ; elles y retournèrent ; on leur en fit voir encore tous les détails ; la supérieure permit à Giselle de jouer avec les élèves, qui étaient en récréation pour la demi-heure du goûter.

Pendant que Giselle faisait connaissance avec ses futures compagnes, Mme de Monclair expliquait à la supérieure la position et le caractère de Giselle ; la supérieure, femme d'une grande intelligence et d'une haute piété, comprit de suite que ce n'était pas seulement une élève de plus à accepter, mais une bonne œuvre à faire. Elle promit d'y veiller avec le plus grand soin, d'user avec Giselle d'une grande fermeté et en même temps d'une grande douceur ; elle entra tout à fait dans la pensée de Mme de Monclair, de donner asile à Giselle le plus tôt possible afin de ne pas lui laisser le temps de changer d'idée. Il fut donc convenu qu'on l'amènerait à demander d'elle-même d'entrer au couvent dès le lendemain.

Quand la récréation fut terminée, Giselle était déjà liée intimement avec deux ou trois élèves de son âge ; elle grillait de les retrouver le plus tôt possible.

« Viens demain, je t'en prie, lui dirent ses nouvelles

amies ; nous avons congé pour la fête de notre première maîtresse.

— Je viendrai, je viendrai, je vous le promets ; nous allons bien nous amuser. Adieu, mes bonnes amies, je vous aime déjà beaucoup.

— Et nous donc ! nous t'aimons beaucoup aussi. Nous serons bien heureuses ensemble ! Tu verras.

— Adieu, adieu. »

Giselle rejoignit sa tante, et elles partirent pour faire des emplettes.

Giselle était folle de joie : elle baisait les mains de sa tante, elle la remerciait.

« Demain, dit-elle, je me lèverai de bonne heure.

MADAME DE MONCLAIR

Pour quoi faire, ma fille ?

GISELLE

Pour entrer au couvent plus tôt.

MADAME DE MONCLAIR

Comment, pour entrer au couvent ? Tu ne pourras pas entrer au couvent demain.

GISELLE

Pourquoi cela, ma tante ?

MADAME DE MONCLAIR

Pour donner à maman et à papa le temps de te voir, de s'habituer à la pensée de se séparer de toi.

GISELLE

Oh ! quant à ça, le plus tôt sera le mieux. Ils pleureront, ils voudront me faire rester, peut-être. Je serais désolée. Je vous en prie, ma bonne tante, faites-moi entrer demain. Il y aura congé pour la première maîtresse ; ce sera amusant. Je veux absolument entrer demain matin.

MADAME DE MONCLAIR

Arrange-toi avec tes parents pour cela ; moi je ne demande pas mieux ; je viendrai te chercher quand tu voudras.

GISELLE

Merci, merci, bonne tante ; c'est vous que j'aime ; vous m'avez toujours fait du bien. »

Elles achetèrent au magasin du LOUVRE ce qu'il fallait à Giselle pour son trousseau ; de là elles allèrent choisir des petits souvenirs que la tante engagea Giselle à donner à ses parents et à sa bonne. Elles revinrent à la maison les mains pleines ; Giselle était radieuse ; Mme de Monclair était gaie et satisfaite. Léontine était encore seule ; son mari n'était pas rentré.

La joie de Giselle, son enthousiasme du couvent et de ses nouvelles amies, remplit Léontine de tristesse. Mme de Monclair chercha en vain à la distraire ; la pensée de perdre sa fille pour deux ans lui faisait saigner le cœur. Elle contemplait Giselle avec amour et avec douleur. M. de Gerville rentra enfin : Giselle courut à lui.

« Papa, dit-elle en l'embrassant, m'aimez-vous ?

M. DE GERVILLE

Si je t'aime, mon amour, mon ange ! Oui, je t'aime et t'aimerai toujours.

GISELLE

Alors, papa, voulez-vous m'accorder une chose qui me rendra bien heureuse ?

M. DE GERVILLE

Tout ce que tu voudras, cher ange. Parle, que demandes-tu ?

GISELLE

Vous me le promettez, vous me le jurez ?

M. DE GERVILLE, *riant et l'embrassant*

Je le promets, je le jure. Je te permets de ne plus m'aimer si je ne tiens pas mon serment.

GISELLE

Eh bien, mon cher papa, il faut que vous me permettiez d'entrer au couvent. »

La surprise et le saisissement firent tomber M. de Gerville dans un fauteuil.

M. DE GERVILLE

Au couvent ! Tu es folle, Giselle ! Au couvent ! Mais non ; c'est une plaisanterie ; c'est impossible ! C'est pour rire que tu me demandes une pareille folie.

GISELLE

Du tout, du tout, papa ; c'est très sérieux ! J'ai été au couvent ; c'est charmant, les élèves sont charmantes, tout est charmant ; et je veux y entrer demain.

M. DE GERVILLE

Comment ! Quoi ? Qu'est-ce que tu veux dire ? Je ne comprends pas.

GISELLE

Je te dis que je veux entrer au couvent des Oiseaux, demain. »

M. de Gerville la regarda avec une telle surprise que Giselle éclata de rire.

GISELLE

J'ai prié ma tante de me mener au couvent demain, et j'irai.

M. DE GERVILLE

Je te le défends. Tu n'iras pas.

GISELLE

J'irai. Cela m'est bien égal que vous me le défendiez ; j'irai.

M. DE GERVILLE

Mais, Giselle, mon ange, mon trésor, si tu me quittes, je mourrai de douleur.

GISELLE

Du tout, du tout ; vous ne mourrez pas ; voyez comme maman est raisonnable ! elle ne dit rien ; elle veut bien, elle. Vous me dites que vous m'aimez, et vous me refusez une chose que vous m'avez promise.

M. DE GERVILLE

Je ne t'ai jamais promis de te mettre au couvent.

GISELLE

Non, mais vous m'avez promis tout à l'heure de m'accorder ce que je vous demanderais. Je demande le couvent, et il faut que vous teniez votre promesse. »

Mme de Monclair s'approcha de Victor et lui dit tout bas : « Cédez, cédez, Victor ; n'ayez pas peur ; elle n'y restera pas huit jours.

M. DE GERVILLE

Vous croyez, ma tante ?

MADAME DE MONCLAIR

C'est évident ; et si vous l'excitez, nous allons avoir une grêle d'impertinences et un déluge de larmes. »

Victor hésitait encore : Giselle se jeta à son cou, l'embrassa, le combla de caresses. Il dit *oui* enfin ; Giselle poussa un cri de triomphe. Léontine étouffa un gémissement ; M. de Gerville, étourdi, hors de lui, croyait rêver. Le domestique annonça le dîner ; ils passèrent tous dans la salle à manger machinalement, sans se rendre compte de ce qui venait de se passer.

Pendant le dîner, Mme de Monclair fit si bien par ses plaisanteries, par ses persiflages bienveillants du beau parti que prenait Giselle, par ses recommandations de tenir les portes ouvertes pour que Giselle puisse rentrer à la maison sans esclandre, etc., que Victor et Léontine finirent par se persuader bien réellement que leur fille ne ferait qu'une absence de quelques jours. Le calme fut rétabli, la gaieté même revint. Quand Pierre, Noémi et ses sœurs vinrent le soir d'après la demande instante de Léontine, ils apprirent avec une surprise égale à celle de Victor l'entrée de Giselle au couvent ; le consentement facile des parents, la joie de Giselle leur semblaient incompréhensibles. Mme de Monclair entraîna Pierre dans un coin et lui expliqua comment elle avait tout préparé et arrangé.

PIERRE

C'est le plus grand service que vous ayez pu leur rendre à tous, ma chère tante. Si votre plan réussit, si Léontine et Victor ne détruisent pas l'ouvrage du couvent, vous aurez fait le bonheur de Léontine et de Giselle. »

Il fut donc convenu que le lendemain, à midi, Mme de Monclair viendrait chercher Giselle et la mènerait au couvent. M. de Gerville et sa femme devaient y aller le jour d'après pour voir comment elle s'y trouvait et si elle comptait y rester. Giselle, très contente de l'arrangement, alla se coucher et recommanda bien à sa tante d'être exacte.

La soirée se passa en étonnement et en admiration de la fantaisie de Giselle, de l'habileté de Mme de Monclair, de la résignation de Victor et de Léontine, et de la satisfaction de tout le monde.

NOÉMI

Et que feras-tu de la bonne de Giselle, Léontine ? Veux-tu nous la passer ? Laurence et Blanche cherchent une femme de chambre pour remplacer la leur qui se marie.

LÉONTINE

Je compte garder Émilie ; Giselle sera peut-être revenue dans huit jours, et certainement avant un mois ; elle retrouvera sa bonne qui est complaisante et excellente pour elle. »

Chacun sourit de l'espoir de Léontine ; car tous avaient compris que, quoi qu'il arrivât au couvent, Giselle y resterait parce qu'elle s'y trouverait plus heureuse qu'à la maison, et que l'amour-propre, qui la dominait au plus haut degré, s'y trouvait engagé.

Le lendemain fut un jour douloureux pour la pauvre Léontine et pour Victor.

La satisfaction de Giselle se manifesta même au moment du départ ; pas une larme, pas un soupir, pas un regret ne furent accordés à la mère dévouée, mais faible, au père complaisant, mais déraisonnable.

Le père et la mère étaient encore sur le perron, essuyant les larmes qui s'échappaient malgré eux, quand Giselle poussa un soupir et dit à sa tante :

« Je plains pauvre maman, et pourtant je suis contente de ne plus être là. Je ne pouvais plus me contenir devant les tendresses excessives de papa et les baisers de maman.

MADAME DE MONCLAIR

Les tendresses de tes parents auraient dû te toucher, Giselle.

GISELLE

C'est vrai, ma tante, maman surtout ; mais si vous saviez comme c'est impatientant d'être sans cesse embrassée, réembrassée, regardée avec amour, adulée, éprouvée à tort, adorée enfin, quand soi-même on est indifférente et ennuyée, vous ne vous étonneriez pas de me voir enchantée de la séparation. Ce n'est que pour deux ans d'ailleurs ; deux ans sont bien vite passés.

MADAME DE MONCLAIR

Je crois que tu ne diras pas de même dans deux jours ou deux semaines.

GISELLE

Vous croyez, ma tante ? Vous verrez. »

Giselle fut reçue avec empressement ; ses amies de la veille lui firent oublier jusqu'à sa tante, qu'elle laissa partir sans lui dire adieu. Le lendemain, la visite de son père et de sa mère ne lui fit que peu de plaisir, parce qu'elle perdait sa récréation avec ses amies, et qu'elle fut embrassée plus de cent fois. Sa première sortie lui fut agréable parce qu'elle fut questionnée, admirée par plusieurs amis de ses parents, et qu'elle fit tout ce qu'elle voulut du matin au soir ; la rentrée fut joyeuse ; son père, qui l'avait ramenée, fut consterné de la gaieté insouciante qu'elle témoigna. Il avait laissé Léontine et Pierre avec Mme de Monclair ; quand il vint leur rendre compte de la manière dont s'était faite la séparation, il mit une telle froideur dans son récit que Léontine lui reprocha son indifférence pour sa malheureuse enfant.

M. DE GERVILLE

Malheureuse ! Ha ! ha, ha ! Elle est plus heureuse qu'elle ne l'a jamais été ; elle est enchantée de nous avoir quittés ; elle ne pèse pas une once. Nous sommes bien bons de nous tourmenter pour cette petite ingrate.

LÉONTINE

Ingrate ! Victor, c'est mal ce que tu dis.

M. DE GERVILLE

Oui, ingrate ; je le répète, une ingrate ! Tu crois qu'elle t'aime ? Pas plus que moi ! Une petite fille sans cœur ! voilà ce qu'elle est. Mes yeux sont bien ouverts sur son compte à présent. Qu'elle revienne à la maison ! et tu verras si je la gâte ! »

Léontine sentait que son mari disait vrai ; elle pleura. Que pouvait-elle faire ? Sa fille ne dépendait plus d'elle.

« Je suis mère sans enfant, dit-elle. Ah ! si le bon Dieu nous avait accordé d'autres enfants, comme je le lui ai tant demandé, j'en aurais encore pour m'aimer et m'entourer.

M. DE GERVILLE

Ils auraient fait comme Giselle ; c'est bien la peine de s'éreinter à élever ses enfants pour les voir tourner en cœurs de marbre !

MADAME DE MONCLAIR

Cela dépend de la manière de les élever, mon cher. Tout ce que vous venez de dire est très juste, sauf votre dernière réflexion. Je me suis tuée à vous dire que vous gâtiez Giselle, que vous la rendriez insupportable, que vous prépariez votre malheur ; Pierre vous l'a dit vingt, cent fois. Noémi l'a dit ; notre ami Tocambel l'a dit ; tout le monde l'a pensé. Et vous avez continué envers et contre tous. Et vous criez, maintenant ! Vous accusez Giselle ! La voilà au couvent, hors des atteintes de vos gâteries ; laissez-la s'élever là-bas ; elle vous reviendra charmante, aimable et respectueuse. Quant à vous aimer plus ou moins, cela dépendra de vous. »

Victor ne répondit rien ; il quitta le salon. Léontine comprit très bien la justesse du raisonnement de sa tante ; elle reprit courage et leur demanda à tous de l'aider à remonter son mari.

Chapitre 19

Les vacances font mauvais effet

Les mois se passèrent ; M. de Gerville et sa femme n'espéraient plus voir revenir Giselle ; ils ne le désiraient même plus. Quand elle apportait à ses parents des notes assez satisfaisantes sur son travail, moins bonnes sur son caractère, qui perçait malgré ses efforts, mais, au total, des notes inespérées, sa conduite à la maison semblait démentir la satisfaction que témoignaient les dames du couvent. Elle retrouvait pour ses parents son ancienne impertinence, son insubordination, ses volontés absolues, ses caprices d'autrefois. Plus ses parents lui montraient de tendresse, plus elle leur témoignait de froideur ; plus ils cherchaient à lui complaire, plus elle montrait d'exigence. Avec Mme de Monclair et son oncle Pierre, on retrouvait la Giselle du couvent, assez docile, presque raisonnable. Cette différence était trop visible pour échapper à la maternité jalouse de Léontine ; elle s'en affligeait et ne savait quel moyen prendre pour obtenir de sa fille ce que les autres en recevaient sans l'avoir demandé.

Enfin, elle parut comprendre qu'elle en faisait trop et que cet excès de complaisance lui faisait perdre le respect de sa fille sans gagner son affection ; elle voulut essayer d'une conduite différente.

Un jour de sortie, Giselle bâillait dans un coin du salon ; Léontine semblait ne pas y faire attention ; elle lisait.

« Maman ! dit enfin Giselle.

LÉONTINE

Que veux-tu, Giselle ?

GISELLE

Pourquoi m'appelez-vous *Giselle* ?

LÉONTINE

Et comment veux-tu que je t'appelle ?

GISELLE

Comme vous m'appelez toujours : *cher ange* ou *cher amour.*

LÉONTINE

Tu n'es ni un ange ni un amour ; je te donne le nom que tout le monde te donne. Mais que veux-tu ?

GISELLE

Je m'ennuie.

LÉONTINE

C'est ta faute ; ton papa t'a proposé de te mener au bois de Boulogne, ou sur les boulevards, pour voir toutes sortes de choses curieuses ; tu as tout refusé.

GISELLE

Parce que cela m'ennuie de sortir avec papa.

LÉONTINE

C'est aimable pour lui ce que tu dis là.

GISELLE

Ce n'est pas ma faute ; puisque je m'ennuie avec lui, pourquoi ne le dirais-je pas ? »

Léontine ne répondit pas ; elle reprit sa lecture.

« Maman », dit encore Giselle d'un air dolent.

Léontine ne répondit pas.

« Maman, reprit Giselle d'un air impatienté.

LÉONTINE

Laisse-moi lire ; tu m'interromps sans cesse.

GISELLE

Vous n'êtes plus bonne pour moi.

LÉONTINE

Je suis pour toi ce que tu es pour moi.

GISELLE

Qu'est-ce que je suis pour vous ?

LÉONTINE

Maussade et indifférente.

GISELLE

Je vois que vous ne m'aimez plus.

LÉONTINE

Je t'aime quand tu le mérites.

GISELLE

Et aujourd'hui, trouvez-vous que je le mérite ?

LÉONTINE

Non, pas du tout.

GISELLE

Alors je veux retourner au couvent, où tout le monde est content de moi.

LÉONTINE

Comme tu voudras ; j'écrirai à ces dames pour leur expliquer ta rentrée.

GISELLE

Je ne donnerai pas la lettre, je la jetterai.

LÉONTINE

Ce n'est pas à toi que je la remettrai, comme tu penses bien.

GISELLE

Mon Dieu, que je suis malheureuse à la maison ! » s'écria Giselle en fondant en larmes.

Léontine fut sur le point de courir à Giselle, qu'elle s'accusait de traiter trop durement, mais elle se contint et reprit son livre d'une main tremblante.

Giselle pleura, se roula, cria en vain. Léontine lisait toujours ; elle aussi pleurait, mais en silence, cachant ses larmes à son ingrate enfant.

Enfin les pleurs de Giselle ne coulèrent plus ; elle s'aperçut que sa mère s'essuyait les yeux ; elle devina que la tendresse était la même et que la sévérité n'était qu'apparente. Cette pensée la consola, car elle avait été réellement inquiète ; elle aimait sa mère en raison de la fermeté qu'elle déployait.

Elle se leva, s'approcha doucement du fauteuil de Léontine, et, passant son bras autour de son cou, elle posa sa tête sur sa poitrine et dit d'une voix calme :

« Maman, ne pleurez pas : je ne retournerai pas au couvent avant ce soir ; je vous aime. »

Léontine, trop émue pour parler, l'embrassa, la serra dans ses bras, et, recueillant toute sa force pour ne pas se laisser aller au bonheur et à la tendresse qui remplissaient son cœur, elle lui dit en souriant :

« C'est bien, chère enfant ; tu fais très bien.

GISELLE

Maman, voudriez-vous sortir un peu avec moi ?

LÉONTINE

Très volontiers, chère petite, maintenant que tu es sage. »

Et se levant sans l'embrasser encore et encore, comme s'y attendait Giselle, Léontine alla s'habiller pour sortir. Giselle, un peu pensive et désappointée, mit son chapeau et attendit patiemment que sa mère fût prête.

À partir de ce jour, Giselle se contint davantage avec sa mère ; mais elle se revengea sur son père, qui continuait son système de gâterie. Giselle l'en récompensait par de l'humeur, de l'impertinence et une exigence toujours croissante.

Les vacances commencèrent bien, et finirent mal. Léontine se laissa aller à de petites concessions, puis à de plus grandes. On était allé passer quinze jours chez M. et Mme de Néri, où se trouvaient Mme de Monclair et M. Tocambel. Un jour Giselle voulut aller à une fête de village. Son père, sa mère et toute la société l'accompagnaient. Pierre s'occupait principalement de ses enfants ; ils demandèrent à entrer dans des baraques où on montrait toutes sortes de bêtes féroces.

« Non, mes enfants, répondit M. de Néri ; ces bêtes sont mal enfermées quelquefois ; en s'en approchant de trop près, vous pourriez attraper un coup de griffe ou un coup de queue qui vous ferait beaucoup de mal. »

Georges et Isabelle, habitués à obéir, n'insistèrent pas et demandèrent à jouer à la loterie, ce que M. de Néri leur accorda avec plaisir. Pendant qu'ils gagnaient des tasses, des verres, des pains d'épice, Giselle demanda à son tour d'entrer dans la tente des bêtes féroces.

LÉONTINE

Non, Giselle, ce serait imprudent ; tu as entendu ce qu'a dit ton oncle à tes cousins. Allons voir autre chose.

GISELLE

C'est que j'ai bien envie de voir les bêtes féroces.

LÉONTINE

Tu en as vu de bien plus belles au Jardin des plantes.

GISELLE

C'est égal, je veux voir celles qui sont ici. »

Léontine lutta quelque temps encore ; enfin, voyant une scène prête à éclater, M. de Gerville dit :

« Je vais t'y mener. Léontine, avec moi il n'y a aucun danger.

LÉONTINE

Mais s'il lui arrive quelque chose ?

M. DE GERVILLE

Il ne lui arrivera rien. Il y a une foule de gens qui entrent et qui en sortent vivants et sans blessures.

LÉONTINE

Je veux bien, Victor, puisque tu le veux. Mais prends bien garde, Giselle chérie ; ne t'approche pas de ces vilaines bêtes.

GISELLE

Soyez tranquille, maman ; j'y ferai bien attention. Venez, papa, venez vite ; j'aperçois mon oncle Pierre qui revient de notre côté. »

M. de Gerville se hâta de payer et d'entrer dans cette baraque infecte ; les animaux étaient d'une maigreur effrayante, leur poil était usé ; ils avaient l'air de galeux mourants.

« Qu'ils sont laids ! qu'ils sont maigres ! s'écria Giselle.

M. DE GERVILLE

Je ne pense pas qu'ils soient bien dangereux. Ils ont l'air de mourir de vieillesse ou de faiblesse. »

Le rugissement d'un tigre qui se trouvait près de Giselle lui fit peur ; elle fit un saut en arrière, marcha sur quelque chose, trébucha et alla tomber sur la cage d'un ours noir caché par l'obscurité.

Le grognement de l'ours excita le tigre, qui recommença à rugir. Giselle, terrifiée, voulut se relever, mais elle se sentit retenue par sa robe, que les griffes de l'ours avaient saisie à travers les barreaux de la cage ; il cherchait à attirer à lui Giselle, qui trébuchait à chaque nouvel effort de l'ours.

« Papa, papa ! » criait Giselle.

Le tigre et l'ours continuaient leurs rugissements ; les autres animaux, excités par les exclamations des personnes présentes, faisaient un vacarme qui attira les gendarmes et la foule. M. de Gerville avait beau soutenir Giselle et chercher à la dégager : l'ours gagnait du terrain, la manche de la robe de Giselle était déchirée, les griffes de l'ours commençaient à creuser sa peau ; un gendarme, voyant le péril que courait Giselle, tira son sabre et abattit un bout de la patte de l'ours, qui se réfugia en grondant au fond de sa cage. Giselle était tombée aussi par l'effet de la secousse : le sang de l'ours avait jailli sur elle, et quand son père la releva et l'emporta au-dehors, elle paraissait grièvement blessée au bras. Ce fut à ce moment que Léontine, effrayée par les cris qui se faisaient entendre dans la baraque, accourut au secours de Giselle. Quand elle vit son mari emportant sa fille qui avait le bras ensanglanté, elle poussa un cri et perdit connaissance. Tout le monde mit un empressement charitable à secourir Mme de Gerville et Giselle. Plusieurs personnes apportèrent de l'eau pour laver le bras de Giselle et pour mettre ses plaies à découvert. Pendant qu'on s'occupait de Giselle, Pierre bassinait le front et les tempes de Léontine ; dès qu'elle ouvrit les yeux, il la rassura sur l'état de sa fille, qui avait assuré n'avoir aucune blessure, ce qui fut constaté avec bonheur par les assistants. Quand chacun fut tranquillisé, on remercia le brave gendarme qui avait usé de son sabre avec tant d'adresse et d'à-propos. Les dames et les messieurs du château de Néri quittèrent la fête ; Giselle était trempée ; il faisait heureusement très chaud, le soleil l'avait séchée avant qu'elle fût rentrée.

MADAME DE MONCLAIR

Si tu avais écouté ta maman, Giselle, tu n'aurais pas été secouée par l'ours, ni couverte de son sang ; tu n'aurais pas causé à ta mère une frayeur terrible, et tu n'aurais pas troublé la fête pour tout le monde.

GISELLE

Je ne croyais pas qu'il y eût de danger, ma tante.

MADAME DE MONCLAIR

Ton oncle Pierre l'avait dit pourtant.

GISELLE

C'est vrai ; aussi je n'aurais pas insisté, si papa ne m'avait offert de me faire entrer dans cette dégoûtante baraque.

M. DE GERVILLE

Je te l'ai offert parce que tu en avais envie, mon amour.

GISELLE, *sèchement*

Il ne faut pas toujours faire ce que je demande, vous le savez bien.

M. DE GERVILLE

Mais, cher amour...

GISELLE

Oh ! papa, je vous en supplie, ne m'appelez pas cher amour ; vous savez que je suis loin d'être un amour.

M. DE GERVILLE

Alors je t'appellerai mon ange, car tu l'es.

GISELLE

Encore moins ! Si vous saviez comme ces choses m'impatientent, je les mérite si peu !

— Cher ange, tu mérites ce qu'il y a de plus excellent », s'écria le père en voulant l'embrasser.

Giselle s'échappa et courut à sa tante : « Vous voyez, ma tante, s'il est possible que je sois sage et aimable, cela m'ennuie tellement que je serai très contente de voir arriver la fin des vacances.

MADAME DE MONCLAIR

Ne dis pas de ces choses désagréables pour tes parents, Giselle. La trop grande tendresse de ton père ne t'oblige pas à faire l'enfant gâtée, et tu pouvais parfaitement ne pas insister pour obtenir de lui ce que te refusait ta mère. »

Giselle ne répondit pas, elle continua à marcher près de sa tante, qui exerçait son innocente malice sur le pauvre Tocambel, qu'elle faisait courir, qu'elle secouait et taquinait à la grande joie de Giselle ; la gaieté de sa tante l'amusait beaucoup plus que les tendresses de ses parents.

La fin des vacances ne fut triste que pour M. et Mme de Gerville. Ils voulaient tous deux ramener Giselle au couvent ; mais elle demanda si instamment à sa tante de Monclair, qui revenait ce jour-là à Paris, de ne pas les exposer à ce pénible voyage, et de lui épargner à elle-même d'être témoin des larmes de son père et de sa mère, que Mme de Monclair lui promit de les en détourner ; elle y parvint non sans peine en leur représentant le chagrin qu'aurait Giselle pendant tout le voyage.

LÉONTINE

Pourquoi, ma tante, ne pourrais-je pas accompagner Giselle au couvent avec vous ? Nous prendrions un compartiment tout entier et nous pleurerions à notre aise.

MADAME DE MONCLAIR

C'est précisément ce que je veux éviter et ce qui ferait mal à Giselle. Évitez-lui le chagrin de vous voir pleurer. Elle-même m'en a parlé ; elle le redoute beaucoup, et elle m'a priée d'arranger les choses pour que je sois seule à l'accompagner. Pierre, Noémi et tes sœurs resteront avec toi une quinzaine encore.

LÉONTINE

Et je reprendrai ma vie isolée et malheureuse.

MADAME DE MONCLAIR

Malheureuse, non ; tu as un mari qui t'aime ; un frère, des sœurs qui t'aiment ; une tante qui ne te déteste pas, ajouta-t-elle en riant. D'ailleurs, veux-tu que je te revienne après avoir terminé mes affaires à Paris ? Ma fille est en Algérie avec son mari, je suis seule avec le père Toc, que je ramènerai, n'est-ce pas, mon ami ? N'allez pas dire non, car vous reviendriez tout de même.

M. TOCAMBEL

Est-ce que j'ai la liberté de dire *non*, quand vous avez dit *oui* ? Je serais bientôt mis en pièces, grâce à votre douceur angélique.

MADAME DE MONCLAIR, *riant*

Assez ; on ne vous demande pas tant de paroles. C'est convenu. J'emmène Giselle et ma tête à perruque. Je laisse Giselle au couvent et je ramène le gazon prêt pour la seconde coupe. Et il ne me quittera que lorsque je lui donnerai congé. »

Les choses s'arrangèrent comme l'avait dit Mme de Monclair et comme l'avait voulu Giselle. La séparation fut aussi calme que possible du côté de M. et de Mme de Gerville ; ils avaient promis à Giselle de ne pas pleurer. Giselle était sérieuse ; le plaisir d'entrer au couvent, où elle se plaisait, était tempéré par la domination qu'elle y subissait forcément.

« Adieu, papa ; adieu, ma pauvre maman », cria-t-elle quand elle fut en voiture avec sa tante et M. Tocambel.

La voiture s'éloigna : Léontine fondit en larmes ; son mari mêla les siennes à celles de sa femme ; il l'emmena dans sa chambre, et il réussit à la calmer en lui représentant le bonheur de Giselle de retrouver son couvent.

« C'est incroyable ! dit-il. Je ne comprends pas cet amour du couvent. Comment peut-elle préférer la domination si absolue de ces dames, à la liberté dont elle jouit chez nous ?

LÉONTINE

C'est probablement parce qu'elle a besoin de se sentir tenue. Nous lui laissons trop de liberté ; elle en abuse, et elle le sent ; elle est humiliée d'avoir fait des sottises. Au couvent, elle obéit ; ici, elle ordonne.

M. DE GERVILLE

Mais comment s'est-elle décidée à obéir, elle qui, malgré sa gentillesse, était toujours en révolte chez nous ?

LÉONTINE

Parce qu'elle est en nombreuse compagnie pour obéir ; l'exemple l'entraîne, la crainte de donner mauvaise opinion d'elle la retient et l'habitude de l'obéissance la lui rend facile.

M. DE GERVILLE

Enfin, il faut patienter encore un an ! La première communion sera faite, et nous la reprendrons chez nous.

LÉONTINE

Si toutefois elle veut bien y rentrer.

M. DE GERVILLE

Comment, si elle veut ! Je saurai bien l'y obliger. Là-dessus je ne faiblirai pas !

LÉONTINE

Toi ! pauvre Victor ! Tu obéiras à la première sommation de Giselle.

M. DE GERVILLE

Tu verras cela. N'en parlons pas d'avance seulement, pour qu'elle ne prenne pas le temps de se préparer à la résistance. »

Léontine sourit ; elle prévoyait que Giselle n'en ferait qu'à sa tête, et que le père lui céderait au premier mot.

Chapitre 20

Lutte et victoire de Giselle

Une seconde année se passa comme la précédente ; la première communion sembla amener dans Giselle un changement marqué, même vis-à-vis de ses parents. Léontine ne pleurait plus sur l'indifférence de sa fille ; sans être tendre, Giselle était polie, aimable ; elle ne repoussait aucune des caresses, quelquefois excessives, de sa mère. Le père la trouvait froide, mais convenable ; elle ne le recherchait pas, mais elle n'évitait pas non plus les promenades qu'il lui proposait, les visites qu'il désirait faire avec elle. Aux vacances, il y eut bien quelques révoltes, quelques retours d'impertinence ; mais elle faisait des excuses, et cherchait visiblement à réparer le mal qu'elle avait fait.

Une lutte formidable s'engagea vers la fin des vacances, quand Giselle parla du départ prochain et que M. de Gerville lui déclara qu'il n'y aurait pas de départ cette année, qu'elle resterait avec eux, que le temps du couvent était fini.

Giselle était nonchalamment étendue dans un fauteuil ; elle bondit sur ses pieds et regarda son père avec une surprise mêlée d'indignation.

GISELLE

Vous ne voulez pas me laisser rentrer au couvent ? Est-ce une plaisanterie ou parlez-vous sérieusement, papa ?

M. DE GERVILLE

Très sérieusement, chère enfant ; je ne veux plus vivre séparé de toi. J'ai besoin de te voir tous les jours, de t'embrasser, de te savoir près de moi.

GISELLE

Et moi, papa, j'ai plus besoin encore de vivre avec mes maîtresses, qui sont bonnes, fermes et douces. Si vous me reprenez, je redeviendrai méchante, insupportable ; vous me rendrez détestable, et ce sera votre faute, pourtant, et pas la mienne.

M. DE GERVILLE

Ma chère enfant, tout ce que tu dis ne me fait aucune impression. Je veux te garder. Tu es ma fille unique ; la vie nous a été trop pénible sans toi : ta pauvre mère le trouve comme moi. Elle...

GISELLE, *s'animant*

Ce n'est pas possible. Maman est beaucoup plus courageuse que vous ; elle m'aime plus sagement que vous. Elle cherche mon véritable bien, et je suis sûre que si maman était seule, sans vous, elle me laisserait rentrer au couvent.

M. DE GERVILLE

Tu as, en effet, joliment gagné au couvent. Tu me dis autant d'impertinences que de mots. Tu témoignes une crainte de vivre avec nous qui prouve non seulement une indifférence complète, mais une aversion inexplicable, à laquelle je ne veux pas céder et que je veux vaincre par la force.

GISELLE, *se contenant*

Je n'ai pas d'aversion ni d'indifférence pour vous, papa, au contraire ; mais je vous crains. Je crains votre faiblesse, je crains la mienne ; je sens le mal que vous me faites, et je veux prendre des forces contre vous. Je sens que je suis encore trop jeune pour vivre sans direction. Je n'ai pas d'amis, je n'ai que des esclaves. Là-bas, j'ai des maîtresses qui savent me diriger, des compagnes qui ne craignent pas de me contrarier et de me faire céder. J'ai la conscience tranquille, je suis heureuse ; je m'amuse. Ici, je suis troublée, mécontente ; je m'ennuie. On m'adore, et... et... Enfin, je veux retourner au couvent et y rester encore pendant quelques années. »

M. de Gerville était comme pétrifié. Cette sortie vigoureuse de sa fille l'avait pris par surprise. Ses raisonnements au-dessus de son âge, l'audace de ses réflexions, la fermeté de son langage, la sagesse de ses motifs le remplissaient d'étonnement et d'incertitude ; il n'avait aucun raisonnement à opposer aux siens ; les faits donnaient gain de cause à Giselle, et pourtant il ne voulait pas rester plus longtemps séparé d'elle. Après quelques instants de silence, il lui dit :

« Je réfléchirai, je verrai, j'en parlerai à ta mère.

GISELLE

Et si maman vous conseille de me laisser retourner au couvent ?

M. DE GERVILLE

Tu y retourneras. Mais, ne t'en flatte pas : elle n'y consentira pas. »

Giselle sourit d'un air incrédule et courut chez sa mère.

GISELLE

Maman, ma bonne maman, n'est-ce pas que j'ai raison quand je dis que vous m'aimez beaucoup et sagement ?

LÉONTINE

Tu as cent fois raison, ma Giselle chérie. Je t'aime beaucoup et j'espère t'aimer sagement.

GISELLE

Alors, maman, vous m'accorderez ce que je vais vous demander ?

LÉONTINE

Certainement, si tu demandes une chose raisonnable.

GISELLE

C'est non seulement raisonnable, mais très bien.

LÉONTINE

Alors, je te l'accorde volontiers.

GISELLE

Vous le jurez ?

LÉONTINE, *riant*

Non ; avant de prêter serment, je veux savoir ce que je promets.

GISELLE

C'est... Je crains que vous ne vouliez pas ; et cela me ferait tant de chagrin !

LÉONTINE

Raison de plus pour que je ne te refuse pas, ma pauvre enfant. Que désires-tu ? Dis-le ; tu sais que je t'accorde tout ce que je puis t'accorder sans trop de déraison.

GISELLE

C'est que... ce que je désire tant vous fâchera.

LÉONTINE

Jamais je ne me fâcherai de ce qui peut te satisfaire, cher trésor. Mon bonheur est de te voir heureuse.

GISELLE

Eh bien, maman, je viens vous demander, vous supplier de me laisser retourner au couvent.

LÉONTINE

Au couvent ! tu aimes mieux vivre au couvent que vivre chez nous, avec nous ?

GISELLE, *embarrassée*

Oui, maman.

LÉONTINE, *avec tristesse*

Pourquoi, ma Giselle ? Tu ne nous aimes donc pas ?

GISELLE

Si fait, maman ; mais... vous allez être mécontente si je vous dis pourquoi...

LÉONTINE

Non, non, mon enfant ; parle franchement.

GISELLE

C'est que je m'ennuie ici, je n'ai pas d'amis ; je ne vois presque personne que des oncles, des tantes ou des petits qui m'ennuient, comme Georges et Isabelle.

LÉONTINE

Mais, Giselle, pense donc que tu n'as que treize ans. Si je vois peu de monde à la campagne, c'est pour ne pas déranger ta vie calme et tes études. Tu avais de jeunes amies ; tu les as toutes repoussées ; et c'est toi-même qui refuses d'y aller, c'est toi qui m'empêches de les inviter.

GISELLE

C'est parce qu'elles sont toutes ennuyeuses et contrariantes. Au couvent, il y en a tant, que je peux choisir celles qui me plaisent. On joue toutes ensemble, on travaille ensemble ; c'est tout autre chose.

LÉONTINE

Écoute, Giselle, je ne veux pas te refuser avant d'en avoir causé avec ton père ; il désire vivement te ravoir à la maison, et je crois qu'il ne voudra pas te laisser partir.

GISELLE

Il m'a dit qu'il le voulait bien, si vous y consentiez.

LÉONTINE

Demain, je te dirai ce que nous avons décidé.

GISELLE

Non, pas demain, tout de suite. Je vous en prie, maman chérie, tout de suite. »

Giselle embrassa, câlina, supplia tant sa mère, qu'elle consentit à en parler tout de suite à son mari.

GISELLE

Allez, allez vite, maman ; je vous attends. »

Léontine, quoique peinée de l'empressement de Giselle, alla chez son mari, qu'elle trouva préoccupé de la scène qu'il venait d'avoir avec sa fille.

Quand il eut entendu ce que Léontine avait à lui dire, il lui raconta à son tour la conversation qu'il avait eue avec Giselle, et il demanda à Léontine quel était son avis.

LÉONTINE

Je pense, Victor, que nous devons faire le sacrifice de Giselle pour un an encore, quelque pénible qu'il nous soit. Si nous la retenons de force, elle sera très mécontente ; elle nous le fera rudement sentir. Tandis qu'en lui faisant la concession d'une année, elle en sera peut-être reconnaissante.

M. DE GERVILLE

Peut-être, comme tu dis, Léontine. Essayons cette fois encore. Je crains, en vérité, que Giselle... n'ait pas beaucoup de cœur.

LÉONTINE

Son cœur se développera, Victor, et le couvent finira par l'ennuyer. Seulement, aux vacances prochaines, tâchons de l'amuser, d'avoir du monde, des dîners, des petites soirées dansantes. Elle aura quatorze ans ; elle comprendra qu'on peut vivre gaiement chez ses parents.

Très bien ; je ne demande pas mieux. Réglons notre vie sur les goûts et l'âge de notre fille ; en la rendant heureuse, en lui faisant aimer notre intérieur, nous aurons atteint notre but. »

Ils allèrent tous deux annoncer à Giselle qu'elle aurait encore un an de couvent. Elle fut contente, mais pas autant que l'annonçait son désir si fortement exprimé. C'est que la porte mal fermée de la chambre de son père lui avait donné l'idée de s'en approcher ; elle avait entendu la conversation et les projets de ses parents pour les vacances prochaines, et elle regrettait de ne pouvoir les faire mettre à exécution cette année ; mais un changement de volonté n'était plus possible après l'insistance qu'elle avait mise à retourner au couvent. Elle résolut donc d'attendre le terme fixé par ses parents.

En les remerciant de leur complaisance à céder à ses vœux, elle leur promit de ne plus rien demander pour l'année suivante.

« Je serai même très contente de ne plus vous quitter, ajouta-t-elle. Je n'aurai plus besoin du couvent, et je serai très heureuse avec vous. »

Cette assurance causa une agréable surprise à Léontine et à M. de Gerville ; ils l'embrassèrent au point de la fatiguer. Quand le jour du départ arriva, elle témoigna du déplaisir de s'en aller. Ce regret, exprimé pour la première fois depuis trois ans, fut un vrai bonheur pour son père et pour sa mère, qui la ramenèrent pour la dernière fois à son couvent si désiré.

L'année ne se passa pas sans orages. Les notes de Giselle furent de moins en moins favorables ; on se plaignait de son caractère, de son indocilité ; elle fut en retenue plus d'une fois. Ses amies, ou plutôt ses compagnes, la trouvaient exigeante et volontaire.

L'amour-propre excessif de Giselle empêchait le relâchement dans le travail et retenait seul les violences auxquelles elle se serait livrée sans la crainte de notes humiliantes et d'un renvoi probable.

Chapitre 21

Giselle quitte le couvent et redevient tyran. Julien entreprend de la réformer

Lorsque l'époque des vacances arriva, elle quitta le couvent sans témoigner ni regret ni affection à personne. Elle se trouvait suffisamment instruite ; elle ne s'y amusait plus autant, elle espérait mener une vie plus gaie, plus agréable à la maison. Le bonheur qu'elle témoigna à son père, quand il vint la chercher, émut profondément M. de Gerville.

« Léontine avait raison, pensa-t-il : le cœur de ce cher ange s'est enfin ouvert pour nous. »

Quand Giselle arriva, elle fut reçue à cœur et à bras ouverts par sa mère, ses oncles, ses tantes, ses cousins et quelques amis que ses parents avaient engagés à passer le temps des vacances au château de Gerville. Sa tante Blanche, mariée depuis trois ans, s'y trouvait avec son mari, Octave du Milet. Laurence avait épousé depuis deux mois M. de Lacour, jeune homme accompli, qui avait été également invité à passer à Gerville le mois que devaient y rester M. et Mme de Néri avec d'autres amis.

Tout ce monde éblouit et enchanta Giselle ; elle pensa qu'elle allait s'amuser, danser, faire des promenades agréables ; elle fut donc charmante pour sa mère, pour ses tantes, ses oncles, pour tout le monde. Elle plut beaucoup à toutes les personnes présentes. Giselle était fort jolie, brune, fraîche, gracieuse ; des yeux noirs qui semblaient être des yeux de velours, des traits fins, des lèvres vermeilles, une forêt de cheveux très noirs, brillants comme de la soie, une physionomie animée, intelligente, une taille souple, élevée, et déjà formée, malgré sa grande jeunesse. Sa conversation était gaie, vive, spirituelle ; son rire, frais et joyeux, était communicatif et donnait envie de rire, rien qu'à l'entendre. Telle était Giselle à quatorze ans, quand elle rentra chez ses parents ; cette figure charmante, quoique trop décidée, perdait tout son charme quand Giselle était irritée ou seulement mécontente ; les yeux de velours avaient un regard d'acier ; sa peau rougissait, sa gaieté faisait place à un air maussade, grognon, furieux même, selon le degré de l'irritation qui la dominait.

Les premiers jours de son arrivée furent irréprochables ; mais un matin, en entrant au salon, où se trouvaient ses trois jeunes tantes, ses trois cousins, le mari de Laurence et quelques autres amis, Giselle trouva le fauteuil de sa mère occupé par Blanche.

GISELLE

Ma tante, voulez-vous me donner mon fauteuil ?

BLANCHE

Comment, ton fauteuil ! D'abord, c'est le fauteuil de ta mère ; ensuite une petite fille n'a pas son fauteuil dans un salon ; et enfin une nièce ne déplace pas sa tante, surtout quand la nièce n'a que quatorze ans.

GISELLE, *gravement*

Je ne suis pas une petite fille ; à quatorze ans on est une jeune personne. Et puis, je prends toujours le fauteuil de maman quand elle n'y est pas.

BLANCHE

Mais comme j'y suis, j'y reste.

GISELLE

Je le dirai à maman, et maman me le fera rendre.

BLANCHE

Ta maman sera, j'en suis sûre, plus polie que toi ; elle t'enverra promener.

GISELLE

Je voudrais bien voir cela ; maman m'écoute toujours. C'est vous qui êtes impolie, vous me parlez comme si j'avais sept ans.

BLANCHE

Parce que tu me fais oublier ton âge ; tu te comportes comme si tu avais sept ans.

GISELLE

Enfin je veux mon fauteuil, et je l'aurai.

BLANCHE

Tu n'auras pas mon fauteuil tant que je voudrai le garder. »

Le visage de Giselle était écarlate ; ses yeux commençaient à flamboyer.

« Blanche, soyez plus raisonnable que votre nièce, dit en riant un ami des trois cousins, Julien de Montimer, et prenez le fauteuil que je vous amène ; il est meilleur que celui de Mlle de Gerville.

— Au fait, dit Blanche, j'aime mieux céder pour éviter une défaite ; je vois à la figure de Giselle qu'elle s'apprête à me livrer bataille, et j'avoue que les combats ne me plaisent guère. »

En disant ces mots, Blanche se leva et prit le siège que lui offrait Julien.

Giselle était un peu honteuse ; elle s'assit dans le fauteuil de sa mère, mais elle s'y sentit mal à l'aise ; elle n'y resta que quelques instants. Julien, la voyant embarrassée et isolée, car tout le monde la blâmait, eut pitié de son embarras et s'approcha d'elle.

JULIEN

Votre triomphe ne vous a pas profité, mademoiselle ; vous ne paraissez pas contente de votre fauteuil.

GISELLE

C'est qu'ils m'ont tous abandonnée ; personne ne me regarde seulement.

JULIEN

Parce qu'on craint sans doute de voir votre visage, toujours riant et aimable, altéré par une irritation à laquelle nous ne sommes pas habitués.

GISELLE

Mais j'avais pourtant raison d'exiger une place qui est à moi.

JULIEN

Je ne le pense pas, mademoiselle ; j'ai trouvé les raisons de votre tante bonnes et vraies.

GISELLE

Vous trouvez donc qu'on doit me traiter comme une petite fille ?

JULIEN

Non, non ; à moins que vous ne le désiriez vous-même en agissant comme une petite fille. On pourrait dans ce cas oublier que vous êtes plus près de la jeune personne que de l'enfant. »

Giselle n'était pas très contente ; elle ne répondit pas et alla s'asseoir dehors sur la pelouse où jouaient Georges et Isabelle. Personne ne l'y suivit ; elle resta seule.

« Est-ce que Giselle est sujette à des accès d'humeur comme celui qu'elle vient d'avoir ? demanda Julien à Blanche.

BLANCHE

Elle est encore si jeune qu'elle ne raisonne pas toujours ses paroles et ses démarches ; mais son accès, comme vous l'appelez, n'a pas duré.

JULIEN

Est-il vrai que ses parents l'ont beaucoup gâtée dans son enfance ?

BLANCHE

Très vrai ; et ils la gâtent encore ; elle a eu le courage et le bon sens de vouloir entrer au couvent, sans quoi elle ne serait pas instruite et gentille comme elle l'est.

JULIEN

Ah ! c'est elle qui l'a voulu ? C'est très beau cela.

BLANCHE

Oui : c'est d'autant plus beau que ses parents en étaient désespérés. Il y a beaucoup de bon dans Giselle ; c'est pourquoi je demande toujours de l'indulgence pour les défauts qui lui restent et qui finiront certainement par disparaître. »

Blanche, dans sa grande bonté, jugeait sa nièce plus favorablement qu'elle ne le méritait ; elle continua à atténuer ses torts, les rejetant sur les vices de son éducation.

Cette conversation fit penser à Julien qu'il fallait beaucoup céder à Giselle et chercher à l'améliorer en la prenant par la douceur tout en profitant de ses bons moments pour lui résister et la faire céder. Il venait très souvent chez M. et Mme de Gerville et dans toute la famille depuis le mariage de Blanche ; il était l'ami intime du mari de Blanche. Mais c'était la première fois qu'il se rencontrait avec Giselle qui sortait rarement du couvent ; il n'avait pas encore été invité par M. et Mme de Gerville à venir à la campagne ; cette année, le retour de Giselle, le désir de l'amuser, de réunir du monde autour d'elle, leur donna l'idée de faire des invitations pour les vacances et les deux ou trois mois d'automne et de chasse.

Julien avait vingt et un ans, il était riche, il avait perdu ses parents fort jeune ; indépendant, aimable, spirituel et d'un caractère charmant, tout le monde le voyait avec plaisir faire partie de l'intimité du château de Gerville. Il aimait l'occupation et il passait une grande partie de sa matinée et de l'après-midi à préparer un dernier examen de droit qu'il devait passer à la fin de l'automne et après lequel il devait entrer au Conseil d'État.

Julien s'intéressait à Giselle ; témoin des gâteries dont souffraient le caractère et le cœur de cette jeune fille, il croyait pouvoir triompher de cette mauvaise éducation et rendre bonne une nature qui aurait pu le devenir, mais sur laquelle il s'abusait, au point où elle en était arrivée. Il était pourtant réellement parvenu, au bout d'un mois, à acquérir de l'influence sur Giselle ; elle se contraignait en sa présence ; elle réprimait devant lui la violence de son caractère et ses impertinences envers son père, sa mère et ses tantes.

Blanche était ravie des progrès de sa nièce, qu'elle ne voyait guère qu'au salon et à la promenade. Léontine cachait soigneusement à ses sœurs et à son frère les incartades de sa fille. L'amélioration produite par le couvent s'effaçait graduellement ; les volontés de Giselle devenaient de plus en plus difficiles à satisfaire.

Léontine tremblait que quelque violence échappée en public ne vînt trahir les défauts graves de Giselle et sa propre faiblesse ; quant à M. de Gerville, il ne se gênait pas pour gâter sa fille en présence de sa famille et de ses amis. On levait les épaules, et on admirait Giselle de ne pas abuser davantage de la condescendance de son père.

Un jour, M. de Gerville descendait dans la cour avec son beau-frère pour essayer des chevaux qu'il voulait acheter.

GISELLE

Où allez-vous avec mon oncle, papa ?

M. DE GERVILLE

Nous allons faire atteler des jeunes chevaux pour essayer de les dresser.

GISELLE

Je voudrais y aller avec vous, papa.

M. DE GERVILLE

Impossible, chère enfant ; ces chevaux peuvent être trop vifs, méchants, et il pourrait arriver un accident.

GISELLE

Pourquoi y allez-vous alors, papa ? Puisque c'est dangereux pour moi, c'est dangereux aussi pour vous et pour mon oncle.

M. DE GERVILLE

Non, ma chérie, parce que nous autres hommes nous savons nous tirer d'affaire ; nous ne perdons pas la tête, nous pouvons sauter hors de la voiture...

GISELLE

Et pourquoi ne sauterais-je pas aussi ?

M. DE GERVILLE

Parce que tes jupons se prendraient dans les roues ou gêneraient tes mouvements.

GISELLE

Je veux y aller tout de même, papa ; je vous en prie, emmenez-moi.

M. DE GERVILLE

Je t'en supplie, mon amour, n'insiste pas ; je t'assure que pour toi il y a du danger. »

Plus M. de Gerville cherchait à dissuader Giselle, plus elle insistait ; elle le suivit dans la cour, elle vit atteler les chevaux, et quand son père et son oncle montèrent dans le chariot, ils y trouvèrent Giselle montée avant eux.

M. DE NÉRI

Victor, faites-la descendre, je vous en prie ; elle

court de vrais dangers, vous le savez bien. Je ne vous accompagne pas si Giselle y va.

— Ma Giselle, ma petite Giselle, je t'en supplie ! dit M. de Gerville.

GISELLE, *riant*

Il n'y a pas de Giselle, ni de petite Giselle qui tienne ; je reste où je suis. »

M. de Néri, fort embarrassé de ce qu'il devait faire, voulut prendre Giselle et la faire descendre de force, mais elle poussa des cris qui attirèrent quelques personnes, entre autres Julien et son ami, le mari de Blanche.

« Qu'y a-t-il donc ? s'écrièrent-ils en accourant.

M. DE NÉRI

C'est Giselle qui veut absolument nous accompagner dans cet essai de chevaux, et nous avons beau lui dire qu'elle court de vrais dangers, elle ne veut pas nous écouter.

JULIEN

Tout le monde sait que Mlle Giselle est très courageuse et ne craint pas le danger ; mais quand elle saura que l'inquiétude que vous donnera sa présence peut avoir de funestes résultats pour son père et pour vous, monsieur de Néri, je suis bien sûr qu'elle sera la première à vouloir descendre.

GISELLE

Vous croyez, monsieur Julien, qu'il y a du danger pour papa et pour mon oncle, si je les accompagne ?

JULIEN

Certainement, mademoiselle, parce qu'au lieu de s'occuper des chevaux et d'avoir la tête bien libre en cas de danger, ils s'occuperont de vous et ils ne tiendront pas les chevaux comme il le faudrait.

— Alors, je descends », dit Giselle en sautant à bas du chariot.

Julien triomphait en lui-même. Si on lui parlait raison, pensait-il, elle serait docile comme un agneau. Ils ne savent pas la prendre.

Chapitre 22

Julien réussit

« Maman, dit Giselle peu de jours après, je voudrais bien monter à cheval.

LÉONTINE

Tu es trop jeune, chère enfant ; et, n'ayant jamais pris de leçons au manège, tu ne peux pas commencer par des promenades dans les champs.

GISELLE

Pourquoi cela ? Ils montent tous à cheval ici.

LÉONTINE

Les hommes, oui ; mais pas les femmes.

GISELLE

C'est la même chose ; si les hommes montent, les femmes peuvent bien monter aussi.

LÉONTINE

Non, c'est plus dangereux pour les femmes que pour les hommes.

GISELLE

Ah ! par exemple ! Je tiendrais mon cheval tout

aussi bien que papa, mes oncles, mes cousins et tous ces messieurs.

LÉONTINE

Tu n'as pas dans les mains la force de ces messieurs pour tenir ton cheval ; ensuite les femmes sont assises de côté sur leur cheval ; elles sont moins solides à cheval que les hommes.

GISELLE

C'est égal ! il faut que je monte à cheval : cela m'amusera beaucoup.

LÉONTINE

Non, cher amour, n'y pense pas ; tu as tant d'autres manières de t'amuser.

GISELLE

J'aime mieux monter à cheval ; j'irai faire des promenades dans la forêt.

LÉONTINE

Il n'y a pas ici de chevaux que tu puisses monter ; ils sont tous trop vifs.

GISELLE

Dis à papa de m'en acheter un.

LÉONTINE

Ce ne serait pas raisonnable, ma minette ; dans deux ou trois ans, nous verrons.

GISELLE

Non, je ne veux pas attendre si longtemps ; il faut que je commence demain.

LÉONTINE

Mais, Giselle, tu n'y penses pas ; d'abord il n'y a pas de selle de femme.

GISELLE

Si fait ; j'en ai vu une et même deux dans la sellerie ; le cocher m'a dit qu'elles avaient servi à mes tantes et à vous.

LÉONTINE

Quand même il y aurait dix selles, du moment qu'il n'y a pas de cheval convenable pour toi, c'est comme s'il n'y en avait pas.

GISELLE

Mais c'est ennuyeux, ça ! Vous me refusez tout ce que je vous demande.

LÉONTINE

Ma chère petite, c'est que tu me demandes des choses impossibles, dangereuses. Comment veux-tu que je te les accorde ?

GISELLE

Si papa me permet, le permettrez-vous aussi ?

LÉONTINE

Je ne sais pas... Je crains...

GISELLE

Ne craignez rien, maman ; dites oui, ou je pleurerai toute la journée.

LÉONTINE

Mon Dieu, mon Dieu, Giselle, que tu es tenace dans tes volontés !

GISELLE

C'est parce qu'elles sont bonnes. Voyons, maman, dites oui, et je me laisserai embrasser toute la journée par vous et par papa.

— En vérité ! dit Léontine joyeuse et embrassant Giselle plus de vingt fois. Eh bien ! oui, si papa y consent, tu monteras à cheval ; mais laisse-moi t'embrasser encore... et encore. »

Giselle se laissa faire de bonne grâce et courut à la recherche de M. de Gerville.

Elle rencontra dans la cour Julien qui rentrait.

« Monsieur Julien, où est papa ? Dites-le-moi vite, j'ai besoin de lui parler.

JULIEN

Il est chez le garde ; mais c'est donc bien pressé, mademoiselle ?

GISELLE

Très pressé, extrêmement pressé ; il faut que vous m'aidiez. Venez avec moi ; courons vite pour trouver papa.

— Mais qu'est-ce donc, mademoiselle ? Et en quoi puis-je vous aider ? demanda Julien courant après Giselle.

— Vous allez le savoir quand nous aurons trouvé papa », répondit Giselle courant toujours.

Tout en courant, elle lui expliqua qu'elle voulait monter à cheval, et qu'il lui fallait un cheval et une selle. La conversation n'était pas facile en courant à perdre haleine ; aussi Julien l'écoutait sans répondre et s'étonnait de cette idée nouvelle qui avait jailli si impétueuse du cerveau de Giselle.

Ils arrivèrent chez le garde cinq minutes après le départ de M. de Gerville.

GISELLE

Savez-vous, Renaud, où est allé papa ?

LE GARDE

Je crois, mademoiselle, qu'il est allé au moulin.

GISELLE

Courons au moulin, monsieur Julien. »

Et Giselle partit comme un trait.

« Mademoiselle, mademoiselle Giselle ! » criait Julien en courant après elle.

Mais Giselle ne l'écoutait pas et courait toujours.

JULIEN, *courant*

Mademoiselle !... Arrêtez un instant. . Je ne peux pas vous suivre...

« Je n'en puis plus », cria-t-il une dernière fois en s'arrêtant essoufflé, suffoqué de sa course longue et rapide.

Giselle était hors de vue. Julien s'assit.

« Ma foi ! il m'est impossible de la suivre... Au fait, je n'ai pas besoin de me ployer à toutes ses fantaisies. Cette idée de poursuivre son père comme un lièvre à la course ! Elle veut monter à cheval, à ce qu'il paraît ; si j'étais son père, je le lui refuserais joliment. C'est une folie ! Une enfant qui n'a jamais pris de leçons de manège et qui veut monter en pleine campagne des chevaux jeunes et fringants. Elle se cassera le cou ! J'espère bien que les parents ne seront pas assez faibles pour la laisser faire. Et s'ils ont la niaiserie d'y consentir, j'userai de mon influence pour lui faire abandonner cette folie. Elle m'écoute presque toujours, parce que je sais la prendre. C'est dommage que je ne sois pas son père : j'en ferais une personne aussi charmante au moral qu'elle l'est au physique ; telle qu'elle est, elle n'est pas supportable. »

Quand Julien fut de retour au château, il trouva tout le monde prêt à se mettre à table. Il expliqua la cause de son retard ; Giselle se moqua de sa paresse.

« Heureusement que je n'ai pas eu besoin de votre aide, monsieur Julien ; papa, qui est très bon, m'a accordé presque tout de suite ce que je lui demandais.

M. DE GERVILLE

Presque tout de suite, c'est une manière de parler ; c'est-à-dire que tu m'as tant tourmenté, que j'ai cédé de guerre lasse. Figurez-vous, Julien, qu'elle s'est pendue à mon cou, me serrant comme dans un étau et assurant qu'elle ne me lâcherait que lorsque j'aurais consenti sa demande ; je l'ai embrassée dix fois, vingt fois ; à la fin j'en avais assez, et j'ai dit *oui* pour pouvoir respirer.

GISELLE

Et papa m'a promis que ce serait vous qui me donneriez mes premières leçons, monsieur Julien.

JULIEN

Je suis désolé, mademoiselle, de ne pouvoir ratifier la promesse de M. de Gerville ; je ne peux pas vous donner les leçons que vous réclamez.

GISELLE

Pourquoi cela ? Une heure par jour seulement.

JULIEN

Je travaille à mon examen de droit, mademoiselle, tout le temps que je ne consacre pas au salon et à la promenade de ces dames.

GISELLE

Vous n'êtes pas obligé de passer votre examen cette année ; vous pouvez le retarder de quelques mois.

JULIEN

Non, mademoiselle, je ne reculerai pas l'accomplissement d'un devoir pour un plaisir.

GISELLE

Vous ne travaillez pas par devoir à votre âge.

JULIEN

Pardon, mademoiselle, le devoir de tout homme est de se rendre utile à son pays le plus tôt possible.

GISELLE

Dites simplement que cela vous ennuie de me donner des leçons.

JULIEN

Ce n'est pas de l'ennui, mais un remords de conscience.

GISELLE

Comment, pourquoi un remords ?

JULIEN

Parce que je ne veux pas vous aider à vous tuer ou à vous estropier.

GISELLE

Me tuer, quelle folie ! comme si on se tuait en montant à cheval.

JULIEN

Oui, mademoiselle, dans les conditions où vous êtes, on risque beaucoup. Des chevaux vifs et ardents, une main faible et inhabile pour les mener, un maître inexpérimenté et sans autorité, la rase campagne pour manège, c'est plus qu'il n'en faut pour amener les plus graves accidents. »

Giselle ne dit plus rien ; elle regarda avec inquiétude sa mère, qui regardait à son tour d'un air reconnaissant le courageux Julien ; il affrontait sans crainte la colère de Giselle et il avait quelque chance de réussir à la faire changer d'idée.

Le reste de la société applaudit à la franchise de Julien, et s'unit à lui pour détourner M. et Mme de Gerville de céder à la fantaisie dangereuse de leur fille. Rien ne fut décidé à cause des regards courroucés de Giselle ; elle ne disait mot.

Après déjeuner Giselle s'approcha de Julien.

« Monsieur Julien, dit-elle, vous m'avez fait une méchanceté dont je vous garderai rancune.

JULIEN

J'en serai d'autant plus peiné, mademoiselle, que j'ai parlé en ami sincère et dévoué, qu'il m'en a beaucoup coûté de vous contrarier, et que je vous aurais volontiers sacrifié mon travail, si je n'avais eu la vraie, la seule raison de mon refus, la crainte des dangers que vous alliez courir.

GISELLE

Est-ce bien sincère ce que vous dites ?

JULIEN

Aussi vrai que si je parlais devant le bon Dieu.

— Alors... alors, dit Giselle en perdant son air mécontent, je me rends à votre conseil ; je ne monterai pas à cheval.

— Merci, mademoiselle, dit Julien touché de cet effort de raison. Merci, je vous suis plus dévoué que jamais.

— Maman, dit Giselle, tranquillisez-vous, je renonce à monter à cheval.

LÉONTINE

Quel bonheur ! Que tu es aimable et bonne, ma Giselle ! De quelle inquiétude tu me délivres !

GISELLE

Où est papa ? que je lui porte cette bonne nouvelle.

MADAME DE GERVILLE

Il est allé à la sellerie pour faire arranger la selle que tu devais avoir.

— Monsieur Julien, dit Giselle en se tournant vers lui avec un sourire, ayez l'obligeance de faire part à papa de mes changements de projets et dites-lui à qui il les doit.

JULIEN

Je laisse ce dernier soin à votre générosité, mademoiselle ; mais je vais m'acquitter avec bonheur de la première partie de votre commission. »

Giselle proposa à sa mère de rejoindre dans le jardin ses tantes et son oncle, ce que Léontine accepta avec un empressement joyeux.

GISELLE

Et vous ne m'embrassez pas, maman, pour me récompenser de ma sagesse ?

LÉONTINE

Je craignais de t'ennuyer, mon enfant chérie ; sois bénie de la bonne action que tu viens de faire. »

Et Léontine, profitant de l'invitation de sa fille, l'embrassa tendrement, mais avec mesure, de peur de la contrarier.

Chapitre 23

Giselle veut se marier

La saison s'acheva ainsi, gaiement pour Giselle. La société se dispersa pourtant ; Julien partit à la fin d'octobre pour passer son examen ; Blanche et son mari restèrent un mois encore avec Léontine, Après le départ de Julien, Giselle se laissa aller davantage à ses caprices et à ses violences ; à mesure qu'elle s'amusait moins, son caractère difficile reprenait le dessus ; Léontine pleurait souvent ; M. de Gerville était sombre et taciturne ; Giselle était sans cesse mécontente et ennuyée. Ses éclairs de tendresse pour ses parents devenaient de plus en plus rares. La seule chose bonne dans laquelle elle persévérait était l'étude ; elle lisait beaucoup ; elle travaillait presque sans relâche à sa musique, parce que c'était un moyen de briller ; elle se promenait souvent pour prendre des vues, pour faire des études d'arbres, de premiers plans, de lointains ; le pays était joli, fort accidenté. Giselle dessinait bien. Revenue à la maison, elle achevait son dessin, soit à la sépia, soit à l'aquarelle. Son hiver à Paris fut moins agréable qu'elle ne s'y attendait ; elle espérait aller dans le monde, et sa mère l'avait déjà menée à un bal où Giselle fit sensation à cause de sa beauté. Mais Mme de Monclair, que Léontine s'était gardée de consulter, ayant appris que Giselle avait été en vue à un grand bal, qu'elle y avait fait beaucoup d'effet, s'effraya de cette imprudence de Léontine ; elle accourut chez sa nièce, escortée par son fidèle ami Tocambel.

MADAME DE MONCLAIR

Qu'est-ce que j'apprends, Léontine ? Tu as mené Giselle au grand bal de l'ambassade d'Autriche, avant-hier ?

— Oui, ma tante, répondit Léontine embarrassée ; elle m'en a tant priée ; la pauvre petite n'avait jamais vu de grand bal...

MADAME DE MONCLAIR

Je crois bien, à quinze ans ! Dis donc, Giselle, tu veux déjà vieillir, enlaidir ?

GISELLE

Pas du tout, ma tante ! Mais je ne suis ni vieillie, ni enlaidie depuis mon bal. Je m'y suis beaucoup amusée ; tout le monde me regardait ; j'ai dansé tout le temps ; je me suis couchée à quatre heures du matin, j'ai dormi jusqu'à midi et je me porte très bien.

MADAME DE MONCLAIR

Eh bien ! ma fille, si tu recommences souvent cette folie, tu seras fanée et ridée à dix-huit ans. Ce sera bien agréable ! Où as-tu jamais vu une enfant de quinze ans aller au bal et se coucher à quatre heures du matin ? Demande à ton ami Tocambel ce qu'il en pense.

GISELLE

Je sais que M. Tocambel blâme tout ce que je fais.

M. TOCAMBEL

Je ne blâme que ce qui n'est pas sage, Giselle ; il est vrai que vous faites et dites souvent des folies. Ce n'est pas ma faute si je ne puis vous donner raison quand vous avez tort.

LÉONTINE

Je vous assure, mon ami, que Giselle est plus raisonnable que vous ne le pensez. Un bal par hasard n'est pas une habitude.

M. TOCAMBEL

Pas encore ; mais le premier en entraîne un second, et ainsi de suite. »

Giselle n'était pas contente ; elle fronçait le sourcil et ne disait rien. Mme de Monclair et M. Tocambel finirent par obtenir de Léontine la promesse de ne plus mener Giselle à de grands bals.

Quand ils furent partis, Giselle se leva avec colère, lança par terre un livre qu'elle tenait à la main, et reprocha aigrement à sa mère sa faiblesse.

LÉONTINE

Ce n'est pas d'aujourd'hui que j'ai été faible, ma Giselle bien-aimée ; c'est le jour où j'ai consenti à te mener au bal. »

La discussion fut vive et longue ; enfin, Giselle se calma par la promesse que lui fit sa mère qu'elle irait au manège trois fois par semaine, et qu'elle aurait un joli cheval de selle à la campagne.

C'est au milieu des discussions, des emportements et des exigences de Giselle que se passèrent les deux années suivantes. Léontine et M. de Gerville vivaient dans la crainte continuelle de mécontenter leur fille ; ils passaient leur temps à lutter contre ses volontés les plus déraisonnables. Enfin, un jour, elle déclara à sa mère qu'elle voulait se marier.

« J'ai dix-sept ans et demi ; je m'ennuie à la maison ; je suis fatiguée d'être contrariée du matin au soir et de devoir toujours obéir. Je veux commander à mon tour.

LÉONTINE

Et tu crois, ma pauvre enfant, qu'en te mariant, tu pourras commander, que tu seras dispensée d'obéir ?

GISELLE

Certainement. J'épouserai un homme qui me laissera libre de toutes mes actions.

LÉONTINE

Où est-il, cet homme modèle qui n'aura jamais d'autre volonté que la tienne ?

GISELLE

Il ne sera pas difficile à trouver ; j'épouserai M. Julien.

LÉONTINE

Il vient nous voir de moins en moins depuis un an. Je crains que tu ne te fasses des illusions sur lui.

GISELLE

Je suis sûre que non ; il est tout juste le mari qu'il me faut.

LÉONTINE

Il est certainement excellent et très raisonnable ; mais je crains qu'il ne redoute ton caractère trop vif et ton grand désir de t'amuser.

GISELLE

Faites-lui parler par ma tante Blanche ; vous le verrez accourir bien vite.

LÉONTINE

Je ne demande pas mieux ; ce serait certainement le meilleur choix que tu pourrais faire. Je vais faire savoir à Blanche que je désire lui parler. »

Blanche, demandée par sa sœur, ne tarda pas à arriver. Léontine était seule ; elle dit à sa sœur le désir que manifestait Giselle de devenir la femme de Julien.

LÉONTINE

Crois-tu, Blanche, que Julien y songe, de son côté ?

BLANCHE

Je ne sais pas. Il était grand admirateur de Giselle il y a un an encore ; mais, cet hiver, il n'en a plus parlé. Il l'a rencontrée bien des fois dans le monde, et il l'a beaucoup vue dans notre intimité à tous ; il m'a dit plusieurs fois qu'il trouvait le caractère de Giselle bien difficile. Il a été témoin de quelques scènes avec toi ; il craint qu'elle n'aime le monde et le plaisir avec déraison. Enfin, je ne sais pas du tout ce qu'il en pense maintenant. Je lui en parlerai dès ce soir, si tu veux, comme une idée qui me serait venue en apprenant que vous désiriez marier Giselle avant de retourner à la campagne. S'il veut l'épouser, il me le dira tout de suite, d'autant qu'il sait que Giselle, jolie comme elle l'est, très riche, spirituelle, etc., ne tardera pas à faire un bon mariage.

LÉONTINE

J'ai déjà reçu ce matin une demande du duc de Palma. Je n'en ai encore rien dit ; car cet homme, quoique duc, fort riche, et d'un extérieur remarquable, passe pour avoir très peu d'esprit et pour mener une vie très dissipée. Ce serait fatal pour Giselle.

BLANCHE

Tu as bien raison. Ce serait tout l'opposé de Julien, qui est si raisonnable, si bon chrétien, et si agréable à vivre. Ne parle pas de ce duc avant que l'affaire de Julien soit décidée. Si quelqu'un a de l'empire sur Giselle et peut la faire vivre sagement, c'est Julien. »

Le lendemain, Blanche arriva chez sa sœur.

LÉONTINE

Hé bien ! Blanche ? l'as-tu vu ? le veut-il ?

BLANCHE

Il le désirerait très vivement, mais il craint le caractère de Giselle, qu'il aime malgré tout. Il te demande l'autorisation de la voir souvent pendant une quinzaine, au bout de laquelle, s'il croit pouvoir faire le bonheur de Giselle en même temps qu'il ferait le sien, il la demandera à elle-même, et puis à toi pour la forme, étant déjà convenu de tout avec toi.

LÉONTINE

Très bien. Dis-lui qu'il vienne le plus tôt possible, à cause du duc, qui la demande avec instance.

BLANCHE

Pourra-t-il venir souvent ?

LÉONTINE

Tous les jours, s'il le veut ; tantôt chez moi, tantôt

chez toi ou chez Noémi ; nous nous arrangerons pour cela. »

Une heure après, Julien était chez Mme de Gerville. Giselle était sortie avec son père pour aller au manège. Léontine causa longuement et affectueusement avec Julien.

« Croyez bien, très chère madame, que si je ne vous fais pas d'ici à dix jours la demande officielle de la charmante Giselle, c'est que j'aurai acquis la triste certitude d'être insuffisant à son bonheur.

LÉONTINE

Restez à dîner avec nous, mon cher Julien, mais je crains que vous ne vous ennuyiez tout seul, car j'ai à sortir pendant l'heure qui reste d'ici à dîner.

JULIEN

Si vous le permettez, je resterai ici à vous attendre en lisant. Une heure est bien vite passée, et je ne manque pas de sujets de réflexion.

LÉONTINE

Faites comme vous voudrez, mon ami ; ce que vous ferez sera toujours bien fait. »

Léontine sortit. Julien ne resta pas longtemps seul. Cinq minutes après, Giselle entra en costume de cheval ; elle était éblouissante de fraîcheur et de beauté.

GISELLE

Bonsoir, monsieur Julien ; je suis bien contente de vous voir ; vous avez été plusieurs jours sans venir.

JULIEN

C'est que j'ai eu beaucoup à travailler, mademoiselle ; je viens dîner avec vous, si vous voulez bien le permettre.

GISELLE

Avec le plus grand plaisir ; je vais m'habiller et je reviens dans cinq minutes. »

« Quelle charmante personne ! se dit Julien. Quel dommage qu'elle ait été si mal élevée ! Je crains que l'habitude du plaisir et de la domination n'ait gâté à tout jamais son cœur, son esprit et son caractère. »

Giselle tint parole ; quelques instants après, elle était revenue près de Julien. Après quelques lieux communs, Julien lui demanda si elle s'était bien amusée depuis qu'il ne l'avait pas vue.

GISELLE

Beaucoup. J'ai été aux Italiens, à l'Opéra, j'ai dansé, j'ai monté à cheval.

JULIEN

Vous vous amusez donc du matin au soir ; vous vivez dans un tourbillon de plaisir.

GISELLE

Il faut bien que je me dépêche. On voudrait me marier ce printemps.

JULIEN

Ah ! déjà ! Et comment ferez-vous pour vivre sagement quand vous serez mariée ?

GISELLE

Je vivrai comme à présent ; mon mari me mènera dans le monde et partout.

JULIEN

Et s'il n'aime pas le monde ?

GISELLE

Il faudra bien qu'il l'aime, puisque je le lui demanderai.

JULIEN

Mais un mari peut ne pas être aussi docile à suivre vos volontés que l'ont été vos parents.

GISELLE

Oh ! je n'en suis pas inquiète ; nous nous arrangerons.

JULIEN

D'ailleurs, on n'est pas toujours à Paris, on se repose à la campagne.

GISELLE

C'est vrai ! J'aime beaucoup la campagne quand il y a du monde ; on s'amuse autant qu'à Paris.

JULIEN

Moi, je veux dire la campagne sans monde.

GISELLE

Comment ! en tête à tête avec son mari ?

JULIEN

Mais oui ; c'est ce que j'appelle du repos.

GISELLE

Comment savez-vous si c'est amusant, puisque vous n'y allez jamais ?

JULIEN

Parce que je suis seul, et que c'est triste de vivre seul ; mais quand j'aurai près de moi une femme que j'aimerai et qui m'aimera, la vie que je préférerai et que je mènerai sept ou huit mois de l'année sera la vie tranquille de la campagne. »

Giselle le regarda avec surprise.

GISELLE

Mais vous mourrez d'ennui, et votre femme aussi. Jamais vous ne trouverez une femme qui voudra s'enterrer à la campagne pendant huit mois.

JULIEN

Peut-être que si.

GISELLE

Je sais bien que vous ne le ferez pas ; si je vous croyais, j'en serais effrayée.

JULIEN

Comment effrayée ? En quoi mes goûts peuvent-ils vous effrayer ?

GISELLE

Oh ! vous savez bien que je comprends parfaitement pourquoi vous dites tout cela. Ma tante Blanche vous a conseillé de me demander à maman parce qu'on veut me marier et qu'elle sait que je ne dirai pas non ; et vous voulez à présent voir ce que je dirai quand vous me menacez de me faire passer huit mois dans une terre assommante, en y vivant comme des sauvages.

JULIEN

Vous avez à peu près deviné, Giselle, et je suis très touché de la franchise avec laquelle vous m'annoncez votre consentement au projet de votre tante. Mais, pour être heureux en ménage, il faut que les goûts s'accordent ; il faut que les caractères s'assouplissent ; il faut le calme d'une affection dévouée des deux côtés. C'est ce que vous trouverez en moi, Giselle ; mais vous, pensez-vous pouvoir arriver à cette affection qui engendre la douceur, la complaisance, le dévouement enfin ?

GISELLE

L'affection, oui, Julien ; mais je ne veux pas m'enterrer à la campagne pour vivre en ours.

JULIEN

Ce n'est pas non plus ce que je vous demanderais ; j'aime la société et j'en aurais, tant au-dehors qu'au-dedans ; mais je n'aime pas ce qu'on appelle le monde, le grand monde, les plaisirs ruineux du monde ; vous savez ce que je veux dire ?

GISELLE

Oui, oui, je le sais très bien, et ce qui m'ennuie, c'est que j'aime tout cela, moi ; mais écoutez, Julien, ne me pressez pas trop ; causons souvent bien franchement ; peut-être finirons-nous par nous accorder sur ce qui vous semble si discordant maintenant ; peut-être mon affection pour vous deviendra-t-elle plus vive, assez vive pour changer mes goûts et même mes idées. Je sais que je suis très incomplète. On m'a tant gâtée ! On m'a tant habituée à dominer tout et tous ! Vous, qui êtes si raisonnable et si bon, vous pourrez peut-être me transformer.

— Dieu le veuille ! Giselle, dit Julien en lui baisant la main. Vous seriez si charmante si vous vouliez !

GISELLE

Je verrai, j'essaierai. Venez tous les jours causer avec moi ; vous me ferez plaisir. Je vous quitte pour aller voir papa ; il m'a dit qu'il voulait me parler ; je l'avais oublié. C'est votre faute », ajouta-t-elle en riant, et elle courut chez son père.

« Quelle charmante enfant on a gâtée à plaisir ! dit Julien avec tristesse. Je ne me fais pas d'illusions ; je crains que le mal ne soit trop enraciné pour qu'elle puisse le détruire ; elle pourra s'améliorer, mais devenir la femme que je veux, la femme qu'il me faut, jamais ! je le crains beaucoup, jamais ! »

Chapitre 24

Giselle fait son choix

Pendant que Julien restait pensif et attristé, Giselle racontait gaiement à son père ce qui venait de se passer entre elle et Julien.

« C'est très heureux, papa, parce que je veux me marier, que M. Julien est un très beau parti et qu'il me plaît beaucoup.

M. DE GERVILLE

Tu en aurais un bien plus beau, si tu voulais ; c'est précisément ce que je voulais te dire, moi.

GISELLE

Un plus beau ? Qui donc ? Comment le savez-vous ?

M. DE GERVILLE

Je crois bien qu'il est plus beau ! C'est le duc de Palma, qui a la tête tournée de toi et qui te demande en mariage.

GISELLE

Le duc de Palma que je rencontre partout ? Il est un peu vieux, ce me semble, et puis un peu bête.

M. DE GERVILLE

Il n'est pas vieux ; il a à peine quarante ans ! à peu près mon âge. Il n'a pas un esprit extraordinaire, mais il n'est pas trop bête.

GISELLE, *riant*

Pas trop, mais assez pour être mené par le bout du nez. Cela, par exemple, me conviendrait beaucoup. Il est encore très bien le duc de Palma.

M. DE GERVILLE

Certainement ; il est très bel homme.

GISELLE

Il a des équipages magnifiques.

M. DE GERVILLE

Je crois bien ; il a plus de cinq cent mille francs de revenu.

GISELLE

Avec tout cela, papa, j'aimerais mieux Julien.

M. DE GERVILLE

Pourquoi cela ? Il te fait toujours la leçon ?

GISELLE

C'est précisément ce qui fait que je l'aime mieux que d'autres. J'ai confiance en lui.

M. DE GERVILLE

Je te laisse absolument libre de choisir celui que tu voudras, mon cher ange. Ne te presse pas, et ne te décide qu'après avoir pris le temps de réfléchir.

GISELLE

Je suis fâchée que vous m'ayez parlé de ce duc de Palma. J'aurais épousé Julien avec grand plaisir, et je crois qu'il serait parvenu à me rendre raisonnable.

M. DE GERVILLE

Tu n'as pas besoin de Julien pour être raisonnable, mon cher ange.

GISELLE

Je sais bien ce que je dis ; vous ne pouvez pas me juger ; mais moi je me juge très bien quand je suis dans mes moments sérieux.

M. DE GERVILLE

Que veux-tu que je réponde au duc ?

GISELLE, *riant*

Dites-lui qu'il attende.

M. DE GERVILLE

Mais ce n'est pas une réponse.

GISELLE, *sèchement*

C'est la mienne ; je n'en fais pas d'autre. »

Giselle rentra au salon d'un air triomphant.

« Ha, ha, ha ! Savez-vous ce que papa vient de me dire ? Le duc de Palma qui demande mon cœur et ma main !

JULIEN, *souriant*

Et qu'avez-vous répondu ?

GISELLE, *riant*

Rien du tout ; il peut bien attendre... pas longtemps

par exemple, car il n'en a pas assez à vivre pour en perdre beaucoup.

JULIEN, *avec inquiétude*

Vous ne pouvez pas devenir la femme de cet homme-là.

GISELLE

Pourquoi cela ?

JULIEN

Parce qu'il est trop vieux pour vous.

GISELLE

Oui, mais il est duc.

JULIEN

C'est un mauvais sujet.

GISELLE, *riant*

Mais il a cinq cent mille livres de rente ; et je le corrigerais d'ailleurs ; je le mènerais à la baguette.

JULIEN

Giselle, ne plaisantez pas sur un sujet aussi sérieux que le mariage.

GISELLE

Je ne plaisante pas sur le mariage, mais sur le mari qu'on me propose.

JULIEN

J'aime mieux cela, mais...

GISELLE, *souriant*

Mais vous êtes un peu jaloux ; vous avez un peu peur.

JULIEN

Pas du tout. Je vous estime trop pour supposer un instant que vous acceptiez un mari pareil. D'ailleurs vos parents n'y consentiraient jamais.

GISELLE

Ah bah ! si je le voulais, ils le voudraient aussi. Mais soyez tranquille ; je ne le voudrais pas. Je le crois du moins. »

Avant que Julien eût pu lui répondre, elle courut à sa mère qui entrait.

GISELLE

Maman, savez-vous une chose très drôle ?

LÉONTINE

Quoi donc, chère petite ?

GISELLE

Le duc de Palma qui me demande en mariage.

LÉONTINE, *étonnée*

Qui est-ce qui te l'a dit ? Ce n'est pas Julien, ajouta-t-elle en souriant.

GISELLE

Oh ! il n'y a pas de danger que Julien me dise de ces choses. Il ne parle que pour lui. C'est papa qui vient de me l'apprendre. »

Léontine ne répondit pas, mais elle parut fort

contrariée ; elle regarda Julien, elle lui trouva l'air triste et inquiet.

Giselle plaisanta sur les années du duc, sur ses cheveux un peu grisonnants ; mais elle ne continua pas, car elle s'aperçut que sa gaieté n'était pas partagée.

Pendant quelques jours, Julien continua à venir fort assidûment, soit chez Mme de Gerville, soit dans la famille, passer une partie de ses après-midi et toutes ses soirées avec Giselle ; tantôt elle semblait toute changée et disposée à accepter le genre de vie que lui offrait Julien, tantôt elle le persiflait, assurait que jamais elle ne se ferait à ses idées et à ses goûts, et lui conseillait de renoncer au mariage.

Le duc de Palma consentit à attendre à condition qu'il verrait souvent Giselle. Les faibles parents y consentirent sur les supplications instantes de Giselle et après une scène déplorable à laquelle assistaient Mme de Monclair et M. Tocambel. On permit au duc de multiplier ses visites ; il venait donc plus souvent que jamais chez M. et Mme de Gerville, il s'occupait exclusivement de Giselle, lui parlait de ses terres, de ses bijoux, de la vie animée qu'il comptait faire mener à sa femme :

« Si je me marie, disait-il, ma femme n'aura rien à désirer, car elle aura tout ce qu'une femme peut posséder ; ses volontés seront les miennes ; je réglerai ma vie sur ses goûts ; elle sera la maîtresse souveraine de ma demeure, et je ne serai que son esclave dévoué. »

Cette perspective séduisait Giselle ; elle comparait la galanterie empressée du duc avec la sage réserve de Julien ; sa vanité plaidait pour le duc, sa raison et son cœur parlaient pour Julien ; mais, à la longue, la vanité l'emporta sur le peu de cœur qu'avait conservé Giselle, et un jour que le duc lui avait parlé ouvertement et qu'il l'avait pressée très vivement de se décider, elle lui fit entendre que sa décision était déjà prise en sa faveur.

La joie du duc fut aussi insensée que sa passion ; il obtint l'autorisation de faire sa demande en forme, il lui passa au doigt une bague avec un rubis magnifique entouré de diamants ; et quand Julien vint faire le lendemain à Giselle une visite inaccoutumée à une heure matinale, elle lui dit avec embarras :

« Julien, j'ai quelque chose à vous dire.

JULIEN

Et moi aussi, ma chère Giselle ; je venais vous faire mes adieux.

GISELLE

Vous partez ?

JULIEN

Oui, je vous fuis : vous ne pouvez pas être ma femme ; je vous rendrais malheureuse, et je serais moi-même bien malheureux.

GISELLE

Je vous regrette, Julien ; croyez-moi, je vous regrette et je vous aime, mais... j'ai promis ma main au duc de Palma.

JULIEN

Giselle, malheureuse enfant, qu'avez-vous fait ? Vous ne l'aimez pas, vous ne l'aimerez jamais ; il est temps encore, refusez.

GISELLE

Il est trop tard, j'ai promis ; j'ai bien vu que je ne vous convenais pas. Je crois que je ne serai pas malheureuse. Voyez la magnifique bague qu'il m'a donnée ; voyez quel rubis admirable ! »

Julien ne regarda pas le rubis ; il regarda tristement Giselle, prit son chapeau et sortit en disant :
« Pauvre enfant ! adieu pour toujours ! »
Giselle resta stupéfaite. « Il est parti pour toujours », dit-elle ; et elle pleura.

Chapitre 25

Giselle pleure, mais elle est duchesse et millionnaire

Giselle pleura longtemps ; elle regrettait Julien, elle regrettait de s'être engagée avec le duc, qu'elle n'aimait pas. Mais, le premier moment passé, elle chercha à s'étourdir sur l'avenir qu'elle s'était préparé en songeant aux bijoux que lui donnerait son mari, à la vie heureuse qu'il lui ferait mener, au luxe dont elle serait entourée, à l'admiration dont elle serait l'objet. Elle compara cette existence à celle que lui aurait fait mener Julien, et dont elle exagéra à plaisir la monotonie et les privations.

« Décidément, dit-elle, je serai bien plus heureuse avec le duc ; il n'osera me rien refuser, et je serai enfin maîtresse de mes actions. »

Giselle se leva et alla se regarder dans la glace.

« Mon Dieu, dit-elle, quelle figure je me suis faite en pleurant ! j'ai les yeux rouges et bouffis ; si le duc me voit ainsi, que pensera-t-il ? Ce n'est pas aimable pour lui ; il croira que je regrette de m'être engagée. Il va venir, bien sûr. Je vais aller me bassiner les yeux et tâcher de prendre un air riant. Pauvre Julien ! je l'aimais pourtant ; mais pas assez pour être l'esclave de ses volontés. Quel dommage qu'il ait des idées si absurdes, qu'il ne soit pas duc, et qu'il n'ait pas cinq cent mille livres de rente comme ce duc que je n'aime pas !... Il va me faire de beaux présents probablement, le duc. Je lui demanderai des rubis ; j'aime beaucoup les rubis. Et les opales ! comme c'est beau, entouré de diamants ! »

Giselle alla préparer son visage pour recevoir convenablement l'élu de sa vanité et non de son cœur. Avant de rentrer au salon, elle alla chez sa mère.

« Maman, savez-vous que Julien est parti ?

LÉONTINE

Oui, mon enfant ; il m'avait dit hier qu'il viendrait ce matin de bonne heure pour te faire ses adieux. Pauvre Julien ! il pleurait en me faisant les siens.

GISELLE

C'est bien sa faute ! Moi aussi j'ai pleuré. Avez-vous vu le duc ?

LÉONTINE

Je ne l'ai pas vu ; mais il nous a écrit à ton père et à moi pour demander ta main ; il ajoute que c'est avec ton consentement qu'il fait cette démarche décisive.

GISELLE

C'est vrai, maman ; je suis décidée à l'épouser, puisque vous m'avez permis de choisir. J'aurais bien mieux aimé Julien, mais il est trop exigeant, trop sévère.

LÉONTINE

C'est-à-dire trop raisonnable pour toi, ma pauvre enfant. Au reste, ton père a pris beaucoup d'informations sur le duc ; il paraît qu'il mène une vie très rangée depuis qu'il t'aime, c'est-à-dire depuis près d'un an ; on le dit très généreux et bon pour ses domestiques ; il donne beaucoup aux pauvres ; il a un caractère excellent. Enfin, il y a tout lieu d'espérer que tu seras heureuse.

GISELLE

Voyez, maman, quelle bague il m'a donnée hier.

LÉONTINE

Déjà ? Tu n'aurais pas dû la recevoir.

GISELLE

C'était impossible, maman. Il m'a dit que c'était en mémoire de ma promesse ; que je devais porter cette bague en signe d'esclavage, non du mien, mais du sien, car ce serait lui qui serait mon esclave ; et il s'est mis à genoux devant moi, et il m'a baisé les mains. Je ne pouvais plus les lui arracher. Lui avez-vous répondu ?

LÉONTINE

Il a écrit qu'il viendrait lui-même chercher la réponse avant déjeuner ; je l'attends à chaque minute.

GISELLE

Faut-il que je reste ?

LÉONTINE

Je n'y vois pas d'inconvénient, puisqu'il s'est déjà expliqué avec toi.

GISELLE

Et que dit papa ?

LÉONTINE

Il a l'air content ; tu sais qu'il n'aimait pas beaucoup le pauvre Julien, parce qu'il te contrariait.

GISELLE

Oh ! maman, le duc va venir ; ne me parlez pas de Julien ; son souvenir me donne envie de pleurer.

— Monsieur le duc de Palma », annonça le valet de chambre.

Le duc entra au moment où Giselle essuyait furtivement ses yeux remplis de larmes. Il le vit et s'en effraya.

« Giselle pleure, s'écria-t-il : ses vœux et les miens seraient-ils repoussés ?

— Rassurez-vous, mon cher duc, dit Léontine en se levant et lui tendant la main ; nous vous donnons Giselle avec plaisir ; mais une jeune personne ne prend pas une décision aussi grave sans donner quelques larmes à ses parents. Elle suit actuellement l'avis que donnait Victor Hugo à sa fille au moment de son mariage :

« Sors avec une larme, entre avec un sourire. »

— Merci, mille fois et éternellement merci, chère, très chère madame, répondit le duc en lui baisant la main. Giselle, continua-t-il, essuyez ces larmes, bien naturelles sans doute, mais qui me causent une vraie souffrance, puisque c'est moi qui les fais couler. Je vous jure qu'une fois ma femme, vous n'en verserez jamais par ma faute. »

Giselle voulut parler, mais elle ne put articuler une parole ; elle répondit par une légère pression de la main que tenait le duc dans les siennes. Il déclara qu'il ne quitterait plus sa Giselle bien-aimée, et que du matin au soir il serait à ses ordres.

Après le déjeuner, qui fut tragi-comique au milieu du sérieux un peu triste de M. et Mme de Gerville, du mélange de larmes et de sourires de Giselle et des extases admiratives du duc, ce dernier, suivant Giselle pas à pas, s'établit près d'elle et lui demanda si elle aimait les bracelets.

« Beaucoup, dit Giselle, mais je n'en ai jamais porté.

LE DUC

Votre bras est pourtant fait pour porter tout ce qu'il y a de plus beau. Permettez-moi de vous en essayer un qui est fait sur la mesure du poignet de la Vénus de Médicis. »

Giselle sourit pendant que le duc tirait de sa poche un écrin de velours bleu et or ; il l'ouvrit et présenta aux yeux ravis de Giselle un bracelet de toute beauté, en diamants et rubis. Il le prit et l'attacha au bras de Giselle ; il allait parfaitement ; l'enchantement de Giselle, ses exclamations de joie récompensèrent largement le duc de son généreux présent. À partir de ce moment, Giselle se sentit toute consolée et ne songea plus à Julien ni aux quarante ans du duc. Chaque jour c'étaient de nouveaux cadeaux plus riches les uns que les autres ; il en faisait non seulement à Giselle, mais à toute sa famille et à ses jeunes amies, et y mettait une telle bonne grâce que Giselle commença à le trouver charmant, qu'elle attendait ses visites avec impatience et qu'il put se croire aimé.

Toute la famille, y compris Mme de Monclair, partagea la bonne impression qu'il avait produite ; les domestiques l'adoraient ; il leur donnait des pièces d'or avec une profusion qui leur faisait chanter ses louanges. Giselle se trouvait entourée de personnes qui la félicitaient sur son choix.

Le duc pressait beaucoup le mariage, et, à son grand ravissement, Giselle l'appuyait dans ses demandes, si bien qu'un mois après les derniers adieux de Julien, Giselle était duchesse de Palma.

Les premiers temps furent un enchantement continuel. Les parents de Giselle la voyaient peu ; ils vivaient tristement dans l'isolement et dans la crainte, car ils connaissaient trop bien Giselle pour ne pas prévoir que ses exigences finiraient par lasser la patience du duc. En effet, une première scène éclata, un jour que le duc souffrait d'un rhumatisme au bras et lui demandait de passer une soirée à la maison pour lui donner un peu de repos.

« Impossible, mon ami ; il faut absolument que vous me meniez au petit bal de la cour. J'ai une toilette ravissante et des invitations pour tout le temps du bal, y compris le cotillon ; et puis j'ai promis de souper à la table des duchesses et princesses ; je ne peux pas manquer cette soirée, c'est impossible.

LE DUC

Mais, Giselle, je t'assure que je ne suis pas en état d'y aller. Je ne peux seulement pas lever le bras pour passer mon habit.

GISELLE

Alors, il faudra que j'y aille seule ; je ne peux pas manquer un petit bal de la cour.

LE DUC

Tu me laisseras donc tout seul, Giselle ? Moi, je sacrifierais tous les bals et les plaisirs du monde pour ne pas te quitter, pour te tenir compagnie.

GISELLE

Vous, je crois bien, vous avez dansé, vous vous êtes amusé pendant vingt ans ; et moi je commence, il n'y a que six mois que je suis mariée.

LE DUC

Mais, Giselle, ma bien-aimée Giselle, tu es bien jeune pour aller seule dans le monde. Écris un mot, mon amie, pour t'excuser. Je t'en prie, je t'en supplie.

GISELLE

Non, ce serait considéré comme une défaite ; tous ces messieurs diront que vous êtes jaloux.

LE DUC

Et quand ils le diraient, mon amie, ils ne seraient pas tout à fait dans le faux. »

La discussion continua quelques instants encore ; malgré les sollicitations les plus pressantes et les plus humbles, Giselle maintint sa volonté ; elle se coiffa, s'habilla et partit, croyant avoir beaucoup fait en s'étant laissé admirer pendant une demi-heure par son mari. Il resta seul et ne se coucha ni ne dormit jusqu'au retour de Giselle ; elle s'était beaucoup amusée ; il la reçut sans humeur et même avec tendresse ; elle l'en récompensa en lui racontant tous les plaisirs et les distinctions dont elle avait été l'objet ; elle l'embrassa, le cajola, l'assura qu'elle ne recommencerait pas ; que c'était à cause de la cour qu'elle avait cru devoir aller à ce bal. Elle fit si bien que le duc fut enchanté de sa femme, et qu'il l'aima et lui obéit plus que jamais.

Des scènes pareilles et bien plus vives se renouvelèrent souvent et finirent par amener du refroidissement. Deux ans après son mariage, Giselle sortait seule pendant que son mari cherchait des distractions de son côté ; tous deux faisaient des dépenses folles qui mirent du désordre dans l'immense fortune du duc. Il n'en tint aucun compte, il joua pour s'étourdir et pour regagner au jeu ce que lui et sa femme avaient dissipé ; les choses en vinrent au point que le duc se trouva ruiné ; il abandonna Giselle qu'il n'aimait plus ; elle fut recueillie par ses parents, dont la vie s'écoulait dans les larmes et la désolation.

Chapitre 26

Giselle est ruinée, malheureuse et repentante

Dix ans après son mariage, Giselle était un soir tristement assise dans le salon de sa mère ; chassée par son mari qui lui reprochait sa ruine, abandonnée du monde qui avait blâmé ses prodigalités et toute sa conduite, repoussée par tous, ruinée, souffrante, elle avait trouvé un asile chez ses parents ; ses malheurs avaient amené un changement total dans son caractère. La raison avait enfin repris le dessus ; son cœur s'était ouvert à la tendresse filiale ; son repentir était sincère ; elle songeait avec horreur à tous les chagrins qu'elle avait donnés à ses parents et à son mari.

Ce soir-là, Giselle était seule ; elle pleurait. Elle était en grand deuil de son mari, mort récemment à la suite d'une chute de cheval ; il avait consenti à la revoir sur son lit de mort, et lui avait pardonné de bon cœur. Il avait expiré dans les bras de son confesseur et sa main dans celle de sa femme.

Cette fin si malheureuse avait profondément impressionné Giselle et avait consolidé son retour à des sentiments chrétiens, qui avaient été totalement perdus dans le tourbillon du monde et de ses plaisirs.

Elle était donc seule et pleurait.

La porte s'ouvrit. Un homme entra précipitamment, croyant entrer chez Léontine. Giselle leva sur lui ses yeux baignés de larmes, poussa un cri et s'élança vers cet homme dont elle serra les mains avec force.

« Julien, mon cher Julien ! C'est le bon Dieu qui vous envoie ; vous que j'ai tant regretté, tant offensé ! Oh ! Julien, que je suis malheureuse ! Que de fois j'ai pensé à vous, au bien que vous m'auriez fait ! Quelle vie j'ai menée ! Que de douleurs j'ai causées ! Ah ! je vois clair maintenant dans ma conscience. J'ai causé le malheur de tous ceux qui m'ont aimée. J'ai causé en partie la ruine et la mort de mon mari. Ah ! Julien, pardonnez à la malheureuse Giselle, ne me repoussez pas ! Aidez à mon repentir. »

Giselle s'affaissa sur elle-même ; elle avait presque perdu connaissance. Julien, épouvanté, la releva, la plaça dans un fauteuil, saisit un verre d'eau qui se trouvait sur la table et bassina le front et les tempes de Giselle. Elle ouvrit les yeux, le regarda avec reconnaissance.

JULIEN

Giselle, d'après quelques paroles que vous venez de dire, j'apprends un événement que j'ignorais, la mort de votre mari. Je savais votre ruine avant mon départ ; mais j'ai fait un long voyage, et mon premier soin à mon retour a été de venir voir votre pauvre mère que j'avais laissée bien malheureuse. Je vois avec bonheur que vous reconnaissez vos torts passés, et que vous êtes disposée à les réparer, ceux du moins qui sont encore réparables vis-à-vis de vos parents. Je vous remercie de la joie que vous a causée ma présence ; vous avez raison de compter sur ma vieille affection ; elle ne vous fera jamais défaut... Mais comme vous êtes changée, ma pauvre Giselle ! Votre embonpoint, vos belles couleurs ont disparu. Je vous avais laissée dans tout l'éclat de la jeunesse et de la beauté ; je ne vous ai pas revue depuis le jour où je vous ai fait mes adieux, ici, dans ce même salon où je vous retrouve vêtue de deuil et versant des pleurs. Pauvre Giselle ! Vous avez donc bien souffert ?

GISELLE

J'ai eu un temps d'enivrement ; je me croyais heureuse. Après vous avoir pleuré quelques instants, je n'ai plus songé à vous, votre souvenir ne m'est revenu que dans le malheur. J'ai subi le joug d'une tendresse passionnée que je ne partageais pas ; j'en ai abusé au point de la détruire complètement. J'ai eu mille peines, mille soucis ; j'ai ruiné mon mari ; je l'ai précipité dans une vie désordonnée qui a causé sa mort. J'ai abandonné mes parents toujours trop bons pour moi. Et quand j'ai fait un retour sur moi-même, il était trop tard ; le bonheur ne devait plus être mon partage. J'ai vingt-sept ans, et la vie est déjà finie pour moi ! En vous retrouvant toutefois, je me sens un peu consolée. Il me semble que c'est un secours que m'a envoyé le bon Dieu pour revenir entièrement à lui. Et vous, Julien, qu'êtes-vous devenu pendant mes dix années de coupables folies et de malheur ? Je n'ai jamais osé parler de vous ? Êtes-vous marié ? Avez-vous des enfants ?

JULIEN

Non, Giselle ; j'ai longtemps vécu seul chez moi à la campagne ; je m'y suis occupé utilement et j'y ai fait du bien. Je suis peu venu à Paris ; j'avais peur de vous y rencontrer, et certes je ne m'attendais pas aujourd'hui à vous rencontrer veuve et repentante.

GISELLE

Oui, Julien ; bien repentante, bien changée ; mon passé me fait horreur.

JULIEN

Réparez le passé par l'avenir, ma chère Giselle. Soyez pour vos parents la consolation et l'orgueil de leurs vieux jours ; tout vous sera pardonné. »

Mme de Gerville rentra et fut aussi étonnée que l'avait été Giselle de retrouver Julien qu'elle croyait encore en Orient. Elle le mit au courant des nouvelles de la famille. L'aimable et excellente Mme de Monclair était morte depuis deux ans, peu de temps après le départ de Julien pour l'Orient. Le vieil ami Tocambel, accablé de chagrin depuis la mort de cette charmante amie, était paralysé et tombé en enfance. Pierre et Noémi vivaient toujours dans une heureuse union. Georges venait de sortir de Saint-Cyr, Isabelle avait vingt ans et faisait ainsi que Georges le bonheur de ses parents. Blanche avait trois enfants ; Laurence en avait quatre.

« Giselle est avec nous depuis trois ans, ajouta Mme de Gerville ; elle a perdu son mari il y a dix mois, elle a été bien malade depuis ; vous trouverez en elle un changement complet ; elle nous tient compagnie et nous soigne avec un dévouement et une égalité d'humeur qui nous récompensent grandement de tout ce que nous avons souffert. Le monde n'a plus pour elle aucun attrait ; elle vit en famille sans désirer en sortir. Voilà ce que vous retrouvez après une absence de cinq ans, mon ami. Le calme partout.

GISELLE

Excepté dans mon cœur, chère maman. Je ne pourrai jamais me pardonner tout le mal que j'ai fait.

LÉONTINE

Le bonheur que tu donnes maintenant, ma Giselle, doit faire oublier tout ce que tu te reproches si amèrement...

GISELLE

Et si justement, maman. »

Julien ne se lassait pas de questionner Léontine et Giselle sur tous les événements dont il ignorait les détails ; il vint très assidûment partager les causeries de famille, et il vit avec satisfaction au bout de deux ans revenir la paix dans le cœur de Giselle ; elle reprenait, avec la santé, l'embonpoint et les couleurs qu'elle avait perdus ; ses entretiens avec Julien la rendaient plus calme et moins triste. Il lui témoignait la même affection qui l'avait touchée jadis ; et celle qu'elle éprouvait pour lui était bien plus dévouée, plus vive, plus absolue.

« Hélas ! se dit-elle un jour, si je l'avais aimé ainsi quand j'avais dix-sept ans, je n'aurais jamais été duchesse de Palma. J'ai manqué mon bonheur par ma faute ; j'en ai été et je suis encore bien cruellement punie.

JULIEN

À quoi pensez-vous si tristement depuis quelque temps déjà, Giselle ? »

Giselle ne l'avait pas entendu entrer, elle tressaillit.

GISELLE

Je songeais au triste passé, Julien.

JULIEN

Encore ! Toujours ce passé qui vous revient. Pourquoi ne pas songer à l'avenir ?

GISELLE

Parce qu'il n'y a pas d'avenir pour moi ; parce que je l'ai perdu par ma faute ; parce que j'ai épousé par vanité, par égoïsme, un homme que je n'aimais pas, et que j'ai rejeté celui que je préférais, que j'ai regretté pendant des années et que je regretterai toujours. »

Giselle fondit en larmes.

« Giselle, dit Julien en lui prenant une de ses mains mouillée de pleurs, ma chère Giselle, j'aime votre douleur, parce qu'elle témoigne de votre changement, bien réel, bien complet ; mais j'aimerais bien mieux une douce gaieté et un esprit dégagé de toute inquiétude. L'homme que vous avez regretté, que vous vouliez bien aimer, n'est-il pas toujours là, désirant votre bonheur par-dessus toute chose, vous aimant toujours de toutes les forces de son cœur, vous demandant le bonheur d'une vie à deux, d'une vie d'époux chrétiens ? Si vous croyez pouvoir m'aimer encore comme je vous le demandais il y a dix ans, dites-le-moi, Giselle, et vous aurez comblé tous mes vœux.

GISELLE

Est-ce sérieux ce que vous dites, Julien ? Me croyez-vous digne encore de porter votre nom, de partager votre existence ?

JULIEN

Plus digne que jamais, ma Giselle bien-aimée. Je n'ai jamais parlé plus sérieusement qu'aujourd'hui.

GISELLE

Alors, mon ami, voici ma main ; le cœur est à vous sans partage. »

Julien baisa cette main si désirée et demanda à Giselle de lui laisser le plaisir d'annoncer cette bonne nouvelle à M. et Mme de Gerville ; ils ne tardèrent pas à accourir pour féliciter Giselle et pour l'embrasser avec tendresse. Le mariage fut annoncé à la famille, tous s'en réjouirent sans exception. Les parents de Giselle lui refirent la dot qui avait été perdue avec toute la fortune du duc. Julien était riche ; Giselle devait être fort riche après ses parents. Les prodigalités passées n'avaient plus de chances de retour.

Chapitre 27

Giselle, purifiée par ses larmes, arrive à une conclusion

Le consentement de Giselle étant donné, le mariage eut lieu peu de temps après dans le château de Gerville ; les plus proches parents seuls y assistèrent ; il n'y eut ni fêtes ni réunions extraordinaires.

« Vous voici dépouillée de votre titre de duchesse, dit Julien à Giselle en revenant de la messe. Ne le regrettez-vous pas un peu ?

GISELLE

Je ne regrette qu'une chose, mon ami, c'est d'avoir consenti à le porter en vous sacrifiant à ma vanité. Que Dieu me pardonne cette grande faute de ma vie !

JULIEN

Vous l'avez effacée en prenant aujourd'hui mon nom, Giselle.

GISELLE

Plaise à Dieu que je n'en fasse pas un objet de blâme, comme je l'ai fait pour celui de ce pauvre duc !

Je n'ai aucune inquiétude à ce sujet, chère Giselle ; quand on a passé par les épreuves que vous avez supportées, et qu'on en sort avec le repentir si vrai et si profond que vous m'avez témoigné dès notre première entrevue, le cœur et l'âme reprennent une vie nouvelle. Ces repentirs sont rares, bien rares, il est vrai, mais ce n'est pas une grâce sans exemple et vous êtes là pour le prouver. Ce qui jadis n'apparaissait chez vous que par de rares intervalles est devenu une pensée bien vraie, bien profonde ; vous avez appris à aimer Dieu et ses créatures. Je suis une de ces créatures favorisées, et j'en bénis le bon Dieu du fond de mon âme. »

Julien ne se trompa pas ; Giselle ne vit plus pour le monde ; elle se consacre tout entière au bonheur de son mari, de ses enfants et de ses parents, qui ne la quittent pas ; ils n'ont d'autre chagrin que le souvenir du passé, dont ils s'accusent avec raison. Les enfants, arrivés déjà au nombre de trois, sont parfaitement élevés. L'aînée, qui est une fille, annonçait une fâcheuse ressemblance de caractère avec sa mère, mais une répression ferme et sage efface tous les jours des aspérités d'humeur dont s'alarme Giselle. Julien rit de ses frayeurs, parce qu'il compte sur l'éducation pour faire disparaître ce qui est défectueux.

M. et Mme de Néri ont marié leur fille Isabelle avec leur cousin Jacques, et tout annonce que le mariage sera heureux.

Georges veut faire comme son beau-frère Jacques et comme son cousin Julien, se marier un peu tard, pour être un mari raisonnable et un père éclairé ; il a vingt-sept ans, et se trouve encore trop jeune.

Quand Julien veut taquiner Giselle, il dit en parlant de sa petite Léontine : *Quel amour d'enfant !*

« Oh ! Julien, répond Giselle, je t'en prie, ne l'appelle pas ainsi ; si mon père et maman t'entendaient, ils seraient peinés ; tu sais que c'est le nom qu'ils me donnaient dans le temps où j'étais si méchante ! »

Julien riait ; mais, une fois qu'il l'avait répété sans voir sa belle-mère qui venait d'entrer, elle pleura si amèrement que Julien en fut désolé et qu'il promit à Giselle de ne plus jamais rappeler ce funeste souvenir.

Table

La Bibliothèque Rose et Verte te présente La Collec'

1

À la fin de chaque livre des collections Ma Première Bibliothèque Rose, Bibliothèque Rose et Bibliothèque Verte, tu découvriras des points à l'image de tes héros préférés.

2

Découpe-les, collectionne-les et reçois des cadeaux : porte-clés, jeu de 7 familles, cassettes vidéos, CD-Rom...

3

Pour obtenir ton bulletin réponse, c'est très simple : Connecte-toi sur le site **www.hachettejeunesse.com** (rubrique La Collec') ou sur le site **www.canalj.net** (rubrique partenaires), ou envoie sur papier libre ton nom, prénom et adresse complète à :

Hachette Jeunesse, La Collec' Service Communication
43, quai de Grenelle, 75905 Paris cedex 15

(offre valable dans la limite des stocks disponibles)

Retrouve tes héros préférés sur Tiji et Canal J

Illustrations : Philippe Matter, Christophe Besse, Lucie Durbiano

Composition ***Jouve*** — 53100 Mayenne

Imprimé en France par ***Partenaires-Livres***®
n° dépôt légal : 16386 - janvier 2002
20.20.0488.01/5 ISBN : 2-01-200488-1

Loi n° 49-956 du 16 juillet 1949
sur les publications destinées à la jeunesse